Was wäre, wenn ...

**Der Moralist beklagt, dass die Menschen nicht
so sind, wie sie sein sollten,
der Humorist freut sich, dass die Menschen
nicht so sind,
wie sie von sich behaupten.**

(Unbekannt)

Birgit Klemm

Was wäre, wenn ...

**Kurzgeschichten -
mitten aus dem Leben**

Bibliografische Information der Deutschen Nationalbibliothek:
Die Deutsche Nationalbibliothek verzeichnet diese Publikation in der Deutschen Nationalbibliografie; detaillierte bibliografische Daten sind im Internet über http://dnb.dnb.de abrufbar.

© *Elsterberg, August 2019, Birgit Klemm*
bvklemm@gmx.de

Bilder: eigene Fotos, Anregungen aus COREL DRAW
Aphorismen: www.aphorismen.de

Herstellung und Verlag: BoD – Books on Demand, Norderstedt

ISBN: 978-3-7386-0313-2

INHALTSVERZEICHNIS

Alltägliches

Mitunter möchte man ...	8
Herzlich willkommen!	14
Es könnte alles so schön sein!	21
Geburtstagsüberraschungen	28
Abendessen mit Hindernissen	35
Große Scheine - kleine Probleme	41
Auf ein Neues!	45
Höhenflüge	51
Das Problem mit dem Vornamen	57

Makabres

Frauentausch	64
Ausnahmen bestätigen die Regel	70
Gelungene Maskerade?	75
Die Mutprobe	84

Zur Erziehung

Das missglückte Mittagessen	92
Darf ich wieder kommen?	98
Das alternative Fernsehprogramm	103
Jetzt reicht's aber!	109
Träum weiter, Mama!	116
Cybermobbing	124

Über Vergangenheit und Gegenwart

Für immer verschwunden?	133
Westpakete	139
Unsere erste Westreise	145
Lebendige Geschichte	161

Nachdenkliches

Das Experiment	169
Willkommen im Kreis der Bestseller!?	165
Weniger ist mehr	174

Alltägliches zum Nachdenken oder zum Schmunzeln

Mitunter möchte man ...

»Zwei Dinge sind unendlich,
das Universum und die menschliche Dummheit,
aber beim Universum bin ich mir noch nicht ganz
sicher.«

(Albert Einstein)

Die Sonne schien herab von einem tiefblauen Himmel. Es war angenehm warm. Deswegen zog es viele Urlauber zum Baden und Abkühlen ins Wasser. Und so kamen sie die lange, hohe Steintreppe herab: die Familie mit den zwei kleinen Kindern, das ältere Ehepaar, die zwei jungen Frauen und viele andere. Alle hatten sie Badesachen dabei und außerdem Decke, Badetuch oder Matte.

Am Strand befanden sich bereits einige Leute. Auch im Wasser tummelte man sich. Es herrschte reges Urlaubstreiben in der kleinen Bucht, eigentlich wie an jedem solchen Tag.

Weiter draußen entdeckte man Motorboote verschiedener Größen, bereit, von ihren Besitzern durch das klare, blau schimmernde Wasser der Adria gesteuert zu werden.

Das alles hatte Alois im Blick. Er saß vor seinem Wohnmobil, in zentraler Lage, mit bester Sicht auf die gesamte Umgebung. Sein Wagen stand gleich in erster Reihe einer Kolonne von Wohnmobilen, viele mit Kennzeichen großer deutscher Städte, wie seines auch.

Die meisten hatten diesen Platz für längere Zeit im Sommer gemietet und sahen sich jedes Jahr wieder. Man merkte es schon an der Art der Begrüßung: Hier trafen sich gute Bekannte.

In diesem Kreise - da war er wer. Und er beaufsichtigte das Geschehen am Strand. Zu diesem Zweck hatte er sogar einen Feldstecher neben sich auf dem Tisch bereit liegen.

Ein weiteres Zeichen dafür, dass er sich hier zu Hause fühlte, waren die beiden Kästen mit Balkonblumen auf dem einen Tisch vorm Wohnmobil. Sein Radio beschallte die nähere Umgebung mit Musik und Werbung eines bayrischen Senders, was manchmal durch die neuesten Verkehrsmeldungen unterbrochen wurde. Meist saß er auf einem seiner Campingstühle und beobachtete, was rings um ihn vorging. Mitunter blieb jemand stehen und unterhielt sich lange mit ihm. Oder er ging zu einem Nachbarn hin.

Manchmal begab er sich auch ins Wasser - nachdem er mit seinem Stock dorthin gehinkt war.

Gerade wieder fiel ihm ein Ehepaar auf, das verzweifelt Ausschau nach einem schönen Plätzchen am Strand hielt. Aber es wurde allmählich eng hier, denn an vielen Stellen befanden sich leere Badetücher und Liegen. Erstere waren oft mit Steinen beschwert, damit sie nicht wegfliegen konnten. Zwei der Liegen hatten die Eigentümer sogar festgekettet an einer der Stangen, die sich in Ufernähe befanden. Auch hier sonnte sich im Moment wieder einmal niemand.

Alois sah: die Badetücher waren die meiste Zeit über herrenlos. Deren Besitzer erschienen nur irgendwann am Tag für ein oder zwei Stunden an ihrem reservierten Platz.

Kein Wunder, dass die neu Hinzugekommenen mit nicht gerade zufriedenen Gesichtern suchten, wo sie sich denn niederlassen könnten. Endlich fanden sie in der Reihe direkt vor dem Wasser noch ein Fleckchen.

Bald würden sie es auch begriffen haben: Man lege seine Handtücher früh am Morgen hin, egal, wann man beabsichtigen würde, an den Strand zu gehen. Noch ein paar Steine drauf wegen des Windes - und schon hatte man einen sicheren Platz erlangt!

***

Als Alois am folgenden Morgen wie immer aus seinem Wohnwagen kam und um sich schaute, konnte er zunächst nicht fassen, was er da entdeckte:

NICHTS befand sich am Strand!

Oder ...

Ach, da war doch etwas.

Am Rand der Bucht lag ein Haufen Steine. Offenbar handelte es sich um die, welche die Badetücher festgehalten hatten. Jetzt waren sie schön säuberlich als Kegel aufgeschichtet.

Und da - noch etwas!

Badetücher, Liegen und Matten waren ebenfalls schön ordentlich zu einem zweiten Haufen aufgebaut.

Die zwei angeketteten Liegen befanden sich natürlich an ihrem Platz. Doch auf jeder war eine hübsche Steinpyramide errichtet worden.

Ziemlich erstaunt, aber auch neugierig geworden, setzte sich Alois auf seinen Stuhl. - Was war denn hier los?

Ein Kind kam die Treppe herunter, schaute hin und her und rief dann: »Vati, wir haben heute überall viel Platz! Wo wollen wir uns denn hinsetzen?«

Es kam keine Antwort. Vati konnte nichts sagen. Er blickte krampfhaft um sich und fragte ratlos:

»Gabi, wo sind denn unsere Badetücher hingekommen? Die hatten wir doch gestern Abend hier hingelegt! Alles ist weg!«

Er rannte zu dem Handtuchstapel. »Hier müssen sie irgendwo sein! Los, komm und such doch mal mit!«

Mit der Zeit hörte Alois immer mehr ähnliche Rufe. Es entstand ein heilloses Durcheinander. Leute schnappten sich Badetücher, warfen sie zur Seite und ergriffen das nächste, wenn sie feststellten, dass es nicht ihres war. Der Haufen sah mit der Zeit ziemlich wirr aus.

Manche Leute schauten sich das Geschehen aus gepflegter Entfernung einfach nur an.

»Warte ab, bis du rankommst. Wenn die wildesten ihr Badetuch haben, wird es ruhiger.«

»Eigentlich sieht es ja ganz lustig aus: die vielen Menschen, die sich streiten und ...« - Weiter kam der Junge nicht, der das geäußert hatte. - Eine Ohrfeige klatschte. Das Kind warf sich in den Sand und weinte laut.

Alois vernahm auch ihm nicht verständliche Sätze in Kroatisch oder vielleicht Italienisch. Doch es klang auf alle Fälle wütend.

»Wer das war, der kann sich frisch machen!«, hörte man eine hohe Stimme.

»Nein! Gut gemacht!«, erklang es aus einer anderen Ecke. Erstaunt und auch verärgert schauten viele automatisch in die Richtung, aus der dieser letzte Ruf gekommen war.

Dort stand eine Menge Leute. Wer von denen war es gewesen??

»Thomas, ich habe unser Badetuch gefunden!«, hörte man aus einer anderen Richtung plötzlich eine glückliche Stimme. Wieder hatte jemand sein Eigentum erhaschen können.

Einer nach dem anderen fand etwas Bekanntes von sich. Manche gingen damit an den Strand, um baden zu gehen, andere zurück in ihr Zelt.

Schließlich blieb der Steinhaufen zurück und ein paar Badetücher, deren Eigentümer die Entdeckung noch vor sich hatten, sowie die zwei festgeketteten Liegen mit Steinpyramide.

**

Am nächsten Morgen spähte Alois neugierig aus seinem Wohnwagen. Er dachte ein wenig an den vorherigen Tag.

Was würde wohl heute los sein?

Der Strand - fast leer. An der Seite lag noch der Steinhaufen von gestern. Den hatte keiner angerührt. Handtücher konnte er keine mehr entdecken.

Gerade betrat eine Familie mit ihren Badetüchern den Strand und ließ sich an einem der vielen freien Plätze nieder. Nicht lange dauerte es, da rannten die Kinder ins Wasser, und die Eltern folgen ihnen.

Ein Pärchen kam die Treppe herab. Sie blieben verwundert stehen, schauten auf den Strand und schauten noch einmal hin, als ob sie das alles nicht glauben könnten.

»Das ist wirklich der erste Strand, wo die Leute nicht so unvernünftig sind und mit ihren Handtüchern die Plätze besetzen!«

Herzlich willkommen!

»Die Neugier steht immer an erster Stelle des
Problems, das gelöst werden will.«

(Galileo Galilei)

»Dong!« - Zum wiederholten Male summte die Fliege gegen das Fenster. Dieses ständige Brummen, was ab und zu unterbrochen wurde durch ein »Dong!«, war das einzige Geräusch im Zimmer.

Manfred hatte sich gerade wieder in sein Computerbuch vertieft. Das dauerte jedoch wiederum nicht lange, denn er fand keine Ruhe. In der letzten Stunde war er bestimmt alle fünf Minuten zum Fenster gegangen, um hinaus zu schauen. Ein ungeduldiger Blick, und er kehrte wieder zurück zur Couch. Dort ergriff er erneut sein Buch, schlug hastig eine Seite auf und las weiter. Besser: Er tat so, als ob er lesen würde. Den Inhalt dessen, was da auf der Seite stand, erfasste er überhaupt nicht. Deswegen musste er auch immer wieder an der gleichen Stelle beginnen zu lesen.

Jede Viertelstunde öffnete sich die Wohnzimmertür, und seine Mutter schaute herein und stellte wiederholt fest, dass ihr Sohn sich geistig ganz woanders befand als hier im Zimmer.

Erneut kontrollierte sie das Aussehen des Wohnzimmertisches. Dieser war gedeckt zum Kaffeetrinken: die Sammeltassen, auf jedem Kuchenteller eine schöne Serviette mit Rosenmuster. Auf einem Glasteller in der Mitte des Tisches befanden sich die Kaffeesahne und der Würfelzucker und außerdem ein großer Teller mit verschiedenen kleinen Kuchenstückchen.

Überall spürte man die Erwartung des Gastes.

Weil sie nur wieder feststellen konnte, dass alles in Ordnung war, verließ die Mutter nach kurzem Zögern das Zimmer.

Manfred hörte, wie sie Vaters Werkstatt öffnete und hineinrief: »Jetzt komm aber mal, der Besuch wird gleich da sein!« Als Antwort ertönte ein kurzes Brummen.

Herumstehen und warten, das war nicht sein Ding, das musste sie nach zwanzig Jahren Ehe eigentlich allmählich wissen. Er würde kommen, wenn die Zeit heran war.

Nun erschien Mutter schon wieder im Wohnzimmer, schaute an die Uhr und sagte: »Also: um vier war ausgemacht! Nun ist es inzwischen zwei Minuten vor. Wenn ich von mir ausgehe: Pünktlichkeit ist eine Zier, und gerade heute würde es sich gehören, pünktlich zu erscheinen!« Manfred fühlte ihren Blick und antwortete unwillig: »Sie wird schon gleich kommen!«

Diese eisernen Regeln! Wer sie verletzte, hatte schlechte Karten bei Mutter, das war nun mal so.

Er saß ja selbst wie auf glühenden Kohlen. Einem Löwe im Käfig musste es ähnlich zumute sein.

Zum x-ten Male ging er die gleichen Schritte bis zum Fenster. Und wieder kehrte er deprimiert zurück und knallte sich aufs Sofa.

Mutter trat jetzt auch ans Fenster und schaute hinaus. »So allmählich müsste sie auftauchen. Wo bleibt sie denn nur? Wie sieht sie eigentlich aus? Ich weiß sowieso nicht, wonach ich schaue sollte.«

Sie erhielt keine Antwort.

Vom Wohnzimmerfenster aus im fünften Stock konnte man - genauso wie in den Neubauten ringsum - den großen Hof beobachten und was sich dort abspielte.

Zum Beispiel begab sich gerade eine Mutter mit ihrem Kind zum Spielplatz. Am gegenüberliegenden Fußweg schlenderten bzw. eilten verschiedene Leute entlang. Eine Truppe Halbwüchsiger tollte auf der Straße, und auf dem Parkplatz fuhr ein schnittiges Motorrad ein.

Mutter fragte: »Wo bleibt sie denn?«

Und Manfred antwortete endlich mit einer Menge Unwillen in der Stimme: »Ja, ja, sie wird schon gleich kommen!«

Fünf Minuten später klingelte es an der Tür.

»Na los doch, mach auf! Das ist sie bestimmt!« Mutter stand mitten im Raum und musterte wieder die Kaffeetafel.

›Endlich!‹, dachte Manfred und eilte zur Wohnungstür. Tatsächlich! Seine Maren stand vor der Tür. Genauso, wie er sie kannte: Neugierig und lebhaft schaute sie ihn an.

Sie trug ihren schwarzen Lederanzug, und in der einen Hand entdeckte Manfred den Sturzhelm. Also war sie mit ihrem Motorrad gekommen! Eigentlich logisch!.

Doch ausgerechnet heute, hätte sie da nicht ihr Sommerkleid anziehen können? Das wirkte doch viel besser!

»Manni, es hat etwas länger gedauert, als ich dachte. Du weißt ja, dass ich nicht nur an mich allein denken muss ... Aber ich hab alles geschafft und bin nun endlich hier! Gehen wir jetzt rein und bringen das endlich hinter uns?«

›Hoffentlich hat sie das nicht zu laut gesagt!‹, durchfuhr es ihn.

Er zeigte ihr nun zunächst die Garderobe, gab ihr passende Hausschuhe und wartete, bis sie bereit war.

Als Geschenk für die Eltern hatte sie Lindt-Pralinen und einen kleinen Blumenstrauß mitgebracht.

›Gut!‹, dachte er, als er das entdeckte.

Manfred ergriff Marens Hand, und gemeinsam betraten sie das Wohnzimmer. Mutter hatte unterdessen ihren Mann aus seinem Hobbyraum geholt.

Wie er es gelernt hatte, stellte Manfred alle einander vor: »Das ist Maren - und das sind meine Eltern!«

Man reichte sich wechselseitig die Hand, und Maren übergab ihre Mitbringsel. Mutter bedankte sich mit den Worten: »Das wäre doch gar nicht nötig gewesen! Ich hole schnell eine schöne Vase!«

›Oh doch‹, dachte Manfred, ›oh doch, das war nötig! Wie gut, dass du daran gedacht hast!‹

In der so entstandenen Kunstpause musterten sich alle - direkt oder indirekt.

Mutter kehrte mit einer Vase zurück, stellte die Blumen auf den Tisch, und alle setzten sich.

Wie nicht anders zu erwarten: Mutters Blick blieb natürlich an den Tattoos hängen, welche Marens Arme übersäten. Das passte nicht in ihr Bild einer Freundin für Manfred. Und ihre Haare hatte sie zu allem Überfluss in viele kleine Zöpfe geflochten, die lustig um ihren Kopf herum standen. Die schwarze lederne Motorradhose war genauso ungewöhnlich.

Manfred gefiel das alles, wie es ihm immer an Maren gefiel: dass sie so anders, so ungezwungen war. Doch hier, zu Hause, musste er sich erst zu solchen Gedankengängen durchringen. Und doch war es nun endlich an der Zeit, diese zwei Welten ohne größere Schäden zusammenzubringen.

»Entschuldigen Sie bitte meine Verspätung. Ich habe heute extra um drei Schluss gemacht auf Arbeit. Dann musste ich noch meine kleine Tochter vom Kindergarten abholen. Die ist jetzt bei meiner Schwester.«

»Ach - Sie haben schon ein Kind?« - »Ja, Lucy ist inzwischen dreieinhalb Jahre, und sie verlangt ihren Tribut. Aber schön ist es mit ihr! Übrigens hat sie Manfred inzwischen voll akzeptiert. Sie freut sich immer, wenn sie mit ihm spielen darf. Bei Gelegenheit kann ich sie ja auch mal mitbringen.«

Und schon stand eine Frage im Raum: Woher mit siebzehn Jahren schon ein Kind, und was war mit dem Vater? Maren spürte die Fragen ganz sicher, antwortete jedoch nicht.

Und beiden Eltern wussten nicht so recht, wie sie fragen sollten, und so herrschte eine Weile Schweigen.

»Was ... was ... was arbeiten Sie denn eigentlich?«

»Ich bin das dritte Jahr als Lehrling in einer Kfz-Werkstatt. Die wollen mich dann sogar übernehmen nach meiner Prüfung.«

»Aha ...«, kam es aus Mutters Ecke. »Und das können Sie so - Autos auseinander nehmen und reparieren?«

»Warum denn nicht? Das hat mich schon immer interessiert. Meine Arbeit macht mir sehr viel Spaß!«

»Ach, deswegen auch das Motorrad. Aber ist denn so ein Fahrzeug nicht viel zu schwer für Sie?«

Das passte überhaupt nicht in Mutters Vorstellungswelt, wie sich Maren mit ihrem Outfit und ihrer Art präsentierte. Und so selbstbewusst auch noch!

Plötzlich ritt Manfred der Teufel. Er sagte in die Stille hinein: »Maren hat übrigens eine ziemlich große Wohnung, und sie wohnt nur eine Viertelstunde von hier. Dort wäre auch Platz für mich. - Was würdet ihr denn sagen, wenn ich in nächster Zeit zu Maren ziehe? Ihr habt ja gehört, dass Lucy sehr einverstanden ist mit mir und sich freuen würde. Maren sowieso. Und aus der Welt bin ich auch nicht.«

Es war heraus.

Ruhiger hätte es gar nicht mehr werden können.

Manfreds Eltern starrten ihren achtzehnjährigen Sohn an. Sie hatten sich den ersten Besuch seiner Freundin so nicht ausgemalt. Da war sie gekommen und wollte ihnen gleich mal den Sohn wegnehmen.

Und der sollte Vater eines Kindes spielen, das gar nicht von ihm war.

Die Stimmung war gefroren. Alle saßen da und schwiegen.

Manfred ahnte schon den Moment, wo Maren aufstehen und sich schnell verabschieden würde. Und dann hätte sie keinen Grund, so bald hier wieder aufzutauchen.

Plötzlich klopfte es an die Wohnzimmertür. Auf Vaters »Herein!« steckte Onkel Richard, Vaters Bruder, der in der Nähe wohnte, seinen Kopf durch die Tür. Als er Maren entdeckte, betrat er das Zimmer.

»Nun kommt alle mal mit und schaut euch euer Auto an. Es wollte und wollte nicht mehr richtig anspringen und lief immer nur mit halber Kraft. Aber das wisst ihr ja. - Jetzt könnt ihr eine wunderschöne Proberunde drehen, denn es muckert nicht mehr. Dank meines einzigen weiblichen Kfz-Lehrlings, welcher mir vorhin mal schnell geholfen hat!«

Bei diesen Worten wies er mit einer anerkennenden Geste auf Maren, die siegesgewiss lächelte.

Es könnte alles so schön

sein!

»Freundschaft zieht die Menschen
zueinander,
das Eigeninteresse trennt sie.«

(Hebräisches Sprichwort)

Tanja sinnierte: »Man müsste mal einen Sechser gewinnen! Stell dir das vor: Auf einmal keine Gedanken mehr ans Geld! Dem Chef würde ich ganz cool antworten: Bei dir brauche ich nicht mehr zu kuschen. Du kannst mich ganz nett bitten, damit ich morgen überhaupt auf Arbeit komme. Und ob ich dann ja sage, das werde ich mir gut überlegen.

Wäre so was nicht schön?«

Tanja war ihre gute Laune anzumerken.

»Aber Freunde hat man dann wahrscheinlich auch nicht mehr. Denn was würden die sagen? Wie würde man sich ihnen gegenüber nun verhalten?? - Also gibt es dann andere Freunde. Wer weiß, was für welche«, meinte Marion. Sie war die Nachdenklichere von den beiden.

Tanja dagegen bezeichnete so etwas oft als Pessimismus. Sie fuhr mit ihren Gedankenspielen fort: »Man müsste eine Riesenparty machen. Wer da wohl alles käme! Manche würden sich bis zum Zubinden vollstopfen, bloß um uns zu schädigen. Und der Neid unter den Menschen, der kommt dann erst so richtig raus ...

Wenn ich allerdings an Elke denke - der kann ich dann nicht mehr unter die Augen treten, glaube ich. Verdient gerade mal etwas mehr als ein Hartz-IV-Empfänger und muss rotieren wie sonstwas. Aber ja nicht meckern, sonst gibt es den Rauswurf! - Das will ich mir gar nicht vorstellen!«, überlegte Tanja weiter.

Bei den folgenden Worten durchbohrte sie Marion mit ihren Blick: »Diese Woche haben sie einen Jackpot von sechzehn Millionen. Da müssen wir einfach mitspielen, denn so viel Geld, das darf nicht liegen bleiben. - Los, wir füllen gemeinsam einen Tippschein aus!«

»Na gut.« Marions Meinung war aus dem Tonfall der Antwort zu erkennen.

Beide begaben sich umgehend zum Lottoladen, weil Tanja immer wieder drängte. Und als sie nach fünf Minuten die erforderlichen Zahlen angekreuzt hatten, machten sie sich mit dem wertvollen Papier auf den Nachhauseweg.

Zu Hause angekommen und wieder allein in ihrer Wohnung, fing Marion plötzlich an nachzudenken. ›Ja, los, einen Extratipp, das erhöht die Chancen!‹

Sie eilte noch einmal zum Lottoladen. Die Verkäuferin erkannte sie: »Na, Sie haben wohl was vergessen?«

»Ja, hier, noch einen Tipp mit diesen Zahlen.«

»Hmm, mit 1 - 2 - 3 - 4 - 5 - 6 - 7 hat man gute Aussichten, viel zu gewinnen, weil die meisten denken, dass solche Kombinationen weniger Chancen haben. Quatsch - die Chance ist jedes Mal gleich. Zwar sehr gering - aber wenn man da gewinnt, wird das eine richtig hohe Quote.«

Marion schlich nach dem erneuten Ausfüllen wieder nach Hause zurück. Natürlich begegnete sie ihrer Freundin. Eigentlich wollte sie einfach in ihre Wohnung und kein Wort sagen, aber nun kam die erwartete Frage: »Wo warst du denn noch?«

Sie antwortete schnell: »Ich hab noch was für heute Abend zum Essen geholt. Das hatte ich vorhin einfach vergessen«, und zog die Tür hinter sich zu.

***

Am Samstag Abend saßen die beiden gespannt vor dem Fernseher, den Tippschein in der Hand (der andere befand sich in Marions Hosentasche, und die Zahlen hatte sie natürlich im Kopf).

Die dritte Kugel bewegte sich durch das Ziehungsgerät und landete endlich in ihrem Ziel, die Kamera fuhr heran ... eine Eins.

»Die ist auf dem zweiten und vierten Tipp. Mist, auf dem ersten müsste sie sein, das wäre zu schön gewesen. Ein Sechser geht nun nicht mehr. Aber mal sehen, da ist ja noch einiges drin!«

Marions Hinterkopf registrierte: In der Hosentasche stimmten die Zahlen bisher ganz genau. 1 - 2 - 3 - 4 - 5 - 6 -7 merkte sich ja auch so gut.

Die vierte Kugel landete im Ziel ... eine Drei.

»Juhuu, die passt bei diesen beiden Tipps!«, jubelte Tanja. »Los, weiter, weiter!«

Hinterkopf: ›Ja, passt.‹

Kugel Nummer fünf ... die Zwei.

»Hätte es nicht die 22 sein können, verdammt noch mal. Das war jetzt gar nichts! Weiter!«

Gierig starrten vier Augen auf den Bildschirm.

Kugel Nummer sechs ... die Sieben.

»Mist, jetzt gibt es nur die eine Chance, dass es wenigstens noch ein Dreier wird. Dann gehen wir mal schön zusammen essen, nicht wahr?«

Beide nickten. Ja - wenigstens das.

Hinten in Marions Hosentasche befand sich unterdessen ein Fünfer mit Superzahl. Von dem wusste aber hier im Raum nur eine Person, und verraten?? Unmöglich! Wie käme so was an!?

Gebannt schauten die beiden auf die eben wieder rollende Kugel und versuchten sie zu hypnotisieren. Das musste jetzt die Richtige sein!

Im anderen Kopf hieß es anders: ›Jetzt nicht noch die, es reicht, eine sechsstellige Summe reicht, um Himmels Willen!‹

»Dass du so mitfieberst, hätte ich nicht gedacht. Mir ist schon klar , dass du nur aus Freundschaft mitgetippt hast, was ich übrigens auch gut finde. Denn sonst hätten wir das sein lassen können. Außerdem fiebert es sich gemeinsam besser! - Doch letzten Endes geht es nun nur noch um das symbolische Essen. Hat´s dich diesmal auch gepackt? Das gibt´s doch gar nicht! Du siehst ja ganz verschwitzt aus!«

Die Kugel landete im Ziel, und es erschien die Fünfzehn.

»Das war ja klar, die Fünfzehn passt nirgendwo!«

Der gemeinsame Tippschein landete zerknüllt im Müll.

»Jetzt haben wir wieder einigen wenigen ihren Riesengewinn finanziert. Aber die Hoffnung bis jetzt, das war doch auch was, nicht wahr?«

Marion stand abrupt auf und eilte zur Tür, ohne nach links und rechts zu schauen.

»Du bist nicht neuerdings eine von den schlechten Verlierern geworden?! Bist du etwa eingeschnappt? Mann, es geht doch nicht ums Leben!«

Die Tür fiel ins Schloss, und man hörte im Treppenhaus sich entfernende Schritte. Tanja zuckte mit den Schultern und schaltete um zum Krimi.

***

Sie lag auf der Luftmatratze und ließ sich wohlig von der Sonne bestrahlen. Irgendwo schrillte ein Signal, und alle sollten aus dem Wasser heraus.

Nein, jetzt doch nicht! Warum, zum Teufel!?

Endlich begriff Tanja, dass sie geträumt hatte und es an der Tür klingelte.

Nanu? Jetzt - mitten in der Nacht?

Vor der Tür stand Marion. Man hätte annehmen können, sie wolle die Tür eintreten. »Na los, lass mich rein! Bist du munter genug für eine Überraschung?«

Sie eilte voran ins Wohnzimmer, holte einen Zettel aus ihrer Hosentasche und warf ihn auf den Tisch.

»Häh, der Lottoschein? Den hatte ich doch selber weggeworfen. Wann hast du den denn wieder rausgeholt? Willst du mich etwa ärgern?«

Tanja griff nach dem Zettel.

»Stopp! - Schau dir doch mal die Zahlen an!«

Langes Schweigen.

»Wie denn das? Die Zahlen sind doch auf einmal fast richtig. Was machst du denn für Witze?!«

Als die Geschichte schließlich heraus war, herrschte zunächst betretenes Schweigen.

Beide atmeten durch.

»Am Nachmittag haben wir ausdiskutiert, was das bedeutet - und jetzt ist es soweit! Los, hol den Champagner! Den haben wir doch extra für diese Gelegenheit gekauft!«

Bald klangen die Gläser, und die beiden malten sich in den schönsten Farben aus, was sie mit dem Gewinn anfangen würden, begonnen mit dem gemeinsamen, schon lang vergeblich erträumten Mexiko-Urlaub.

Fröhlich begaben sie sich schließlich spät in der Nacht zur Ruhe - mit schönen Träumen und froher Erwartung.

***

Stopp! Der Schluss verlief anders - nämlich folgendermaßen:

In der Nacht klingelte niemand bei Tanja, und so schlief diese tief und fest bis in den Sonntag Vormittag hinein.

Als sie gefrühstückt hatte, klingelte sie bei ihrer Freundin. - Mehrmals.

Doch niemand öffnete.

Gleiches geschah auch an den nächsten Tagen.

Marion war wie vom Erdboden verschwunden.

Tanja vermisste noch lange ihre beste Freundin, doch alle Mutmaßungen und Nachfragen führten ins Leere.

Geburtstagsüberraschungen

»Schon wegen der Neugier ist das Leben
lebenswert.«

(Jüdisches Sprichwort)

Seit meinem letzten Geburtstag verstehe ich mich endlich wieder mit meiner Mutter. Wir blinzeln uns sogar ab und an verstehend zu; das gab es vorher lange nicht.

Wie kam das alles? Dass ich mit meinen rund sechzehn Jahren in einem nicht ganz leichten Alter bin, ist halt so. Das behaupten jedenfalls immer die anderen.

Hauptrolle bei dem, was ich meine, spielt die Ordnungsliebe meiner Mutter. Es ist wie verhext: Immer weiß sie, wo sich etwas befindet. Und noch wichtiger: vor allem auch, wo es hingehören m ü s s t e - bei dem ach-so-beliebten Aufräumen.

Nur ein kleines Beispiel: Ich lief wieder einmal herum und fragte verzweifelt: »Wo ist denn nun eigentlich die gelbe Tasse, die ich so gerne nehme, verflixt noch mal!?«

Und - wie sollte es anders sein - Mutter antwortete in aller Ruhe: »Schau doch mal in den linken Küchenschrank. Im dritten Regal von oben steht sie, links in der zweiten Reihe, wie immer. Das weißt du doch auch!«

Und wo war sie denn ... ?

Ich kam nicht umhin zuzugeben: »Man kann fragen, was man will: Du weißt es sowieso immer!«

Typisch! Alles muss sich an seinem Platz befinden. Das hat Vorteile, aber nicht immer. Der Vorteil ist zweifellos, dass Mutter ihren Haushalt voll im Griff hat. Und wir alle können uns darauf verlassen, dass es jemand gibt, der weiß, wo alles ist. Beruhigend!

Allerdings kann die Tatsache, dass alles an seinem Platz sein soll, auch in Nachteile umschlagen. Besonders dann, wenn die Ordnung gestört wird.

Ärger und Schimpfen??

Wenn zum Beispiel Vater das Braten der Schnitzel fürs Mittagessen übernommen hatte, weil er ja auch gerne kocht, dann konnte es vorkommen, dass er die Ölflasche nicht sofort wieder zurück in den Schrank stellte, wo sie hingehörte, sondern sie in der Eile auf dem Tisch stehen ließ, genauso wie manches andere auch.

Und dann?

Mit einem Brummen beförderte Mutter die Flasche wieder an ihren gewohnten Platz, und auf ihr »Immer muss ich nochmal hinlangen und aufräumen!« folgte Schweigen. Vater war wohlweislich irgendwohin verschwunden ...

»So gibt es wenigstens keinen Streit«, seine Meinung zu solchen Momenten des Abtauchens.

Mich erwischte es selbstverständlich auch ab und zu. Dann bekam ich beispielsweise zu hören: »So stell doch den Mülleimer gleich wieder mit einem neuen Plastbeutel an seinen Platz! Immer muss ich noch mit zugreifen!« Oder: »Wenn du fertig bist mit den

Hausaufgaben, pack danach gleich die Schultasche für morgen und nicht erst auf den letzten Drücker morgen früh!«

›Jaa, jaa, klar!«

›Muss denn das sein? Ich komme doch auch so zurecht! Wen juckt denn das, ob die Bücher bis morgen früh bei mir auf dem Tisch liegen oder schon in der Tasche?!‹, denke ich in solchen Augenblicken.

So allmählich störten mich diese kleinen Zwänge. Und ich begann bewusst Dinge liegen zu lassen, so etwa die Tasse beim Frühstück - weil ich ja schnell in die Schule musste. Den Mülleimer brachte ich erst eine halbe Stunde nach der vereinbarten Zeit runter. Und die Brotbüchse legte ich erst am Abend zum Abwaschen heraus, wenn überhaupt.

Ich erwartete es, angezählt zu werden. So sehr störte mich dieser Ordnungsfimmel.

Ab und zu machte ich mir ein Vergnügen daraus, immer etwas irgendwo anders hinzustellen ... Nun aber gerade!!

***

Wie gesagt: Zur Ordnungsliebe gehört, dass Dinge ihren festen Platz behalten. So hatte ich vor zwei Jahren zufällig herausbekommen, wo Mutter die Geburtstagsgeschenke versteckte in den Tagen vorm großen Ereignis: in der Abstellkammer hinter den Reinigungsgeräten.

Um das zu festzustellen, musste man allerdings einiges beiseite räumen. Auf diese Weise warn die Geschenke im gewählten Versteck immer ziemlich sicher vor frühzeitiger Entdeckung.

Weil sich nach den Reinigungsgeräten niemand drängelte ...

Als ich das herausbekommen hatte, konnte ich meine Neugier nicht unterdrücken und schaute eine Woche vor meinem Geburtstag nach, was sie sich über mich ausgedacht hatte. So wusste ich vor zwei Jahren schon Tage vorher, dass ich zu meinem vierzehnten Geburtstag das begehrte Computerspiel bekommen würde, von dem ich immer wieder gesprochen hatte. Endlich!

Folglich fiel ich in den Tagen nach meiner Entdeckung wahrscheinlich durch eine ausnehmend gute Laune auf. Aber das konnte ja auch an allem möglichen anderen liegen ...

Natürlich musste ich zu meinem Geburtstag mein gesamtes Schauspieltalent aufbieten, um überrascht zu wirken.

Vor meinem Geburtstag im vergangenen Jahr verfuhr ich genauso. Und entdeckte diesmal, dass eine sehr coole Jacke auf mich wartete.

Im Grunde fand ich diese Art, meine Neugier zufrieden zu stellen, mies. Doch was soll´s. Manche Leute haben eben einfach keine Selbstdisziplin!

So ist der Mensch nun einmal ...

Beim Spielen der Überraschung an meinem fünfzehnten Geburtstag fand ich mich mittlerwweile richtig gut!

Eine Woche vor meinem sechzehnten Geburtstag suchte ich wieder das bekannte Versteck auf.

Als gerade kein anderer zu Hause war, eilte ich zur Abstellkammer und räumte Eimer und Besen beiseite.

Aber dahinter befand sich nichts. Gut, es war ja noch über eine Woche Zeit bis zum Geburtstag, tröstete ich mich. Am nächsten Tag stand aber wieder nichts dort und am übernächsten Tag auch nicht.

So allmählich wurde ich unruhig.

In einem unbeobachteten Moment eilte ich zwei Tage vor meinem Geburtstag fast verzweifelt in die Reinigungskammer, schaute hinter die Geräte - wieder nichts!?

***

Am Geburtstag, einem Samstag, sagte Mutter am Vormittag zu mir: »Nimm dir Eimer und Lappen und wisch die Wohnung schnell noch einmal durch, bevor die Gäste heute Nachmittag kommen!«

»Wieso denn ich? Sonst hast du das doch immer selber gemacht!«, erwiderte ich missmutig.

Mutter meinte nur: »Heute bist du aber mal dran! Ich denke, du willst doch schon lange erwachsen sein;? Das bedeutet auch Verpflichtungen! Und mach es ordentlich! Denk an den Besuch!«

Na ja, gut - dann musste es eben sein!

Widerwillig holte ich mir Eimer, Lappen und Schrubber. Dass sich hinter den Reinigungsutensilien noch anderes befinden könnte, glaubte ich selber nicht mehr. Logisch.

Also erledigte ich meinen Auftrag, und das sehr gewissenhaft.

***

Der Nachmittag rückte heran und damit die übliche Familienzusammenkunft am Geburtstag. Die Stunden bis dahin durchlitt ich. Die Wartezeit wollte und wollte kein Ende nehmen.

Die Geschenke gab es wie immer nach dem Kaffetrinken.

Nach den Glückwünschen der anderen Gäste sah ich Mutter mit einem Karton auf mich zu kommen.

Brav blieb ich stehen. Egal, was sich jetzt drin befand - ich war erleichtert, überhaupt etwas von den Eltern zu bekommen!

In meinem Kopf zog die Erinnerung an die letzten Wochen vorüber und was ich mir da alles ausgedacht hatte, um Mutters Ordnung zu stören und um sie zu ärgern.

»Na los, du Astro-Fan! Das da drin passt gut zu deinem neuen schönen Hobby!«, vernahm ich Mutters Worte. Hastig packte ich den Karton aus und beförderte ein kleines Spiegelteleskop zutage.

»Na, da freu dich doch endlich mal!«

Klar freute ich mich!

. »Aber lies das vorher!« Sie deutete auf das Schild, welches am Karton baumelte, was mir in meiner Aufregung völlig entgangen wäre.

Als ich die Karte aufklappte, bemerkte ich den amüsierten Blick meiner Mutter.

Beim Lesen wurde mir innerlich warm. Wahrscheinlich verfärbte sich auch mein Gesicht.

Ich las folgenden Spruch: »Wenn die Neugier sich auf ernsthafte Dinge richtet, dann nennt man sie Wissensdrang (Marie Freifrau von Ebner-Eschenbach).«
irgend so einen klugen Spruch dachte sich Mutter jedes Jahr aus.

Darunter war noch zu lesen: »In diesem Sinne: Bleib immer schön neugierig!«

Mutter lachte, neigte sich an mein Ohr und flüsterte: »In diesem Jahr war das Geschenk in deinem Bettkasten unter dem Bettzeug! Du hast letzte Woche hoffentlich gut darauf geschlafen!«

Abendessen mit Hindernissen

»Mit dem Humor hat es meist ein Ende, treten so genannte
Witzfiguren auf den Plan.«

(Martin Gerhard Reisenberg)

»Wenn du in zwei Stunden endlich wieder zu Hause bist, essen wir schön gemütlich zusammen! Lass dich überraschen, was es gibt!« Die beiden schickten sich übers Telefon ein Küsschen, bevor sie auflegten.

Nun nahm Annegret den Herd ins Visier. Auf dem Tisch daneben stand schon alles bereit, womit sie das leckere Gericht zaubern konnte: das Fleisch, die Kartoffeln sowie die Bohnen aus dem eigenen Garten, dazu noch Bratfett und Gewürze.

Ihrem Mann etwas Schönes zu kochen, worauf er sich beim Heimkommen freuen konnte, das hatte sich mittwochs schon richtig eingebürgert. Es handelte sich mit dem Mittwoch um ihren freien Tag, der sich durch ihre Teilzeitarbeit ergeben hatte.

Schon seit fast zwanzig Jahren arbeitete ihr Mann in der Bauaufsicht. Und wenn der Tag achtundzwanzig anstelle vierundzwanzig Stunden hätte - es bliebe trotzdem noch genügend zu tun für ihn.

Nach siebzehn Uhr würde er wohl ungefähr zu Hause eintreffen, schätzte sie erfahrungsgemäß ein aus dem Alltag der letzten Jahre.

Draußen war wieder so ein typischer Altweibersommertag: sehr sonnig, kaum Wind, klare Sicht und schönes buntes Herbstlaub an den Bäumen. Im Gegensatz zu den noch relativ warmen Tagen bewegten sich die Nachttemperaturen aufgrund des klaren Himmels um die Null Grad. Eben Frühherbst.

Annegret nahm einen langen Schluck aus der Wasserflasche, klatschte in die Hände und meinte: »Pack mr´sch!«

Sie rieb das Bratenstück mit Gewürz ein, gab Fett in die Pfanne, und als es heiß genug war, gab sie das Rindfleisch hinein. Sie briet das Fleisch wie gewohnt bei großer Hitze an, bis alle Außenseiten angebräunt waren. Dann kam ein kleiner Schwall Wasser hinein, sodass es erst einmal gehörig dampfte und zischte. Wenig später ein Schuss Rotwein dazu, und nun hieß es: dabeibleiben beim weiteren Durchbraten.

Da klingelte das Telefon. Annegret warf noch einen prüfenden Blick auf die Pfanne, ob sie diese kurz verlassen könne. - Ja, es war genug Flüssigkeit drin.

Dann eilte sie ans Telefon.

»Können Sie mir bitte die Marke Ihres Fernsehers mitteilen?«

Hääh?! »Wozu wollen Sie denn das wissen, und wer sind Sie überhaupt?«

Eine eifrige Stimme antwortete: »Ja, wir machen gerade eine Umfrage wegen der Elektronik in den Haushalten ...«

Annegret warf die Antwort kurz hin: »Ich mache generell keine Umfragen mit!« Während ihr telefonischer Gegenüber noch bei irgendeiner Höflichkeit war, hatte sie schon aufgelegt.

Was die alles wissen wollten! Unmöglich!

Annegret eilte wieder zum Herd. Selbstverständlich war nichts passiert in dieser kurzen Zeit. Sie widmete sich in der nächsten halben Stunde weiter dem Braten, wusch nebenbei auf und säuberte die Tisch- und Ablageflächen. Allmählich verbreitete sich ein verheißungsvoller Duft als Vorbote einer leckeren Mahlzeit. Nun wurde es Zeit, den Braten in die vorgeheizte Backröhre zu stellen, damit er allmählich gar würde.

Das tat sie. - Wieder klingelte unterdessen das Telefon. Eine neue Umfrage!?

Annegret vernahm eine aufgeregte weibliche Stimme: »Stell dir vor ...«

Die Frau klagte Annegret ihr ganzes Leid. Irgendwann in einer Pause mischte sich Annegret ein: »Entschuldigen Sie, ich glaube, Sie haben falsch gewählt, ich bin gar nicht Ihre Schwester!«

Kurzes Schweigen.

»Ach, ich bin so aufgeregt von dem allen, was ich Ihnen eben erzählt habe! Ich hätte ja wenigstens erst mal fragen können, wer dran ist, oder sagen können, wer ich bin. Ich dachte die ganze Zeit, ich rede mit meiner Schwester. - Schön, dass Sie mir trotzdem zugehört haben. Hoffentlich habe ich Sie nicht zu sehr belästigt mit meinen Problemen!«

Die beiden konnten sich aber so schnell nicht trennen, denn sie hatten festgestellt, dass sie sich gut verstanden hatten. Sie boten sich das »Du« an, tauschten ihre Telefonnummern aus und versprachen sich gegenseitig, bei Gelegenheit wieder einmal zu plauschen.

Für beide war es doch ein wunderschönes Gespräch geworden.

Plötzlich hielt Annegret inne. »Wart mal, ich muss auflegen. Hier ist irgendetwas anders, ich weiß nur nicht was. Tschüss derweile!«

Sie legte auf, schaute sich immer wieder um, lauschte und schnupperte.

Was war hier anders? Richtig! Da! Im Ofen dampfte es, aber entschieden zuviel! Mist - sie hatte versäumt, noch einmal genügend Wasser zuzugießen, und so war das schöne Essen inzwischen angebrannt und duftete überhaupt nicht mehr verlockend.

Verdammt!

Sie riss die Backofentür auf und ging schnell einen großen Schritt zurück, um den Dampf nicht abzubekommen. Verärgert stellte sie fest, dass hier kaum etwas zu retten war. Ade, du schöner Rinderbraten!

Plötzlich klingelte wieder das Telefon. Das Gespräch fortsetzen?

Nein: Jemand wollte Bescheid sagen wegen der Reservierung eines Vierpersonentisches.

Wie? Wo?! Was sollte das denn wieder!?

Annegret unterbrach die Anruferin: »Sie sind hier falsch! Hier ist keine Gaststätte, und hier gibt es keine Reservierungen! Gucken Sie gefälligst richtig hin, bevor Sie anrufen!«

Annegret vernahm nach kurzem Schweigen eine schnelle Entschuldigung von wegen einer falschen Nummer, und schließlich wurde aufgelegt.

Entschuldigen war ja auch das Mindeste!

Sie sammelte sich.

Etwas neues kochen ... Was denn gleich? Nun musste es ja schnell gehen.

Das Telefon klingelte wieder.

Wahnsinn - sie vernahm dieselbe Stimme wie eben! Wieder die Frage nach der Tischreservierung! Annegret lief die Galle über, und sie schimpfte: »Sie schon wieder! Das kann doch nicht wahr sein! Merken Sie denn nicht, dass Sie hier falsch sind! ...«

Plötzlich merkte sie, dass ihre Gesprächspartnerin schon längst aufgelegt hatte. Ihre Schimpfkanonade war ziellos durchs Telefonnetz geirrt.

Annegret knallte den Hörer verärgert hin. Nun hieß es: sich beeilen mit dem neuen Essen, damit es rechtzeitig fertig wurde, bis ihr Mann heimkam. Sie schaffte noch ein schnelles Fischfilet aus der Tiefkühltruhe, aber gerade so.

Als ihr Mann klingelte, war der Tisch gedeckt, und bei jedem stand ein Glas Wein.

Während er seine Garderobe aufhängte, beobachtete er stumm, wie Annegret mit den Schüsseln und Tellern hin und her hastete. Ab und zu klapperte es gefährlich laut. Seine Erfahrung sagte ihm, dass er jetzt besser nichts äußern sollte. Eigentlich hätte er sie schon gerne gefragt, was los war.

Aber nein - lieber nicht!

An ihm schien es ja diesmal nicht zu liegen. Er war sich zumindest keiner Schuld bewusst.

Endlich stand alles bereit, zum Glück, ohne dass irgendetwas heruntergefallen war, was er insgeheim schon befürchtet hatte. Beide setzten sich nieder, schauten sich in die Augen und hoben die Gläser.

Eben wollten sie anstoßen, da - bing!

Das Telefon! - »Nicht jetzt!«

Aber wie es so war: Annegret hielt es nicht aus, sie musste den Telefonhörer abnehmen.

Die Stimme kam ihr bekannt vor. Den Sinn der Worte erfasste sie jedoch nicht sofort:

»Übrigens: Wir brauchen für den bestellten Tisch noch zwei Reservierungen mehr. Das wollte ich Ihnen noch schnell mitteilen ...«

Große Scheine – kleine Probleme

»Geld ist weder bös noch gut;
es liegt an dem, der's brauchen tut.«

(Sprichwort)

Die Gaststätte auf dem Marktplatz war gut besucht, wie immer bei schönen Wetter. Überall gut gelaunte Leute an den Tischen, die eingekehrt waren zum Mittagessen oder einfach ein Glas Wein genießen wollten.

Soeben ergatterte eine Wandergruppe von zehn Leuten mittleren Alters glücklich noch einen der wenigen freien Tische. Die Sitzgelegenheiten reichten leider nicht für alle. Also fragten die Frauen an den benachbarten Tischen nach freien Stühlen. Schließlich verfügte endlich jeder Wanderer über einen Stuhl. Die zehn Leute drängten sich um den einen Tisch.

Nicht fern lag die Idee, einen weiteren Tisch zu organisieren.

Zwei der Männer eilten deswegen zur Kellnerin. Die meinte zunächst: »Wir können doch jetzt nicht alles umstellen! - Na gut, Sie dürfen. Bringen Sie aber bitte, wenn Sie dann gehen, alles wieder zurück, wo Sie es her geholt haben!«

»Selbstverständlich«, versicherte einer der beiden Herren vollmundig. »Aber Sie sehen doch selbst: Ohne einen Extra-Tisch wird es zu eng bei uns!«

Ihr Wunsch war erfüllt, und alle saßen zufrieden in der großen Runde. Jeder bestellte zu trinken für sich und einen kleinen Imbiss.

Nach dem Essen kam Stimmung auf, und einer stimmte an: »Ein Tag, so wunderschön wie heute, ...«. Danach fielen ihnen weitere Stimmungslieder ein, so dass die Runde mit ihren Gesängen zur Unterhaltung der Umgebung auf die eine oder andere Weise beitrug. Alle waren satt und zufrieden.

Allmählich begannen sie zu überlegen, wo sie denn als nächstes hin wandern würden.

Zunächst aber: bezahlen!

Die Kellnerin fragte in die Runde: »Geht hier alles zusammen, oder ...?«

»Nein, alle bezahlen getrennt. - Aber wir haben nur große Scheine!«, meinte eine der Frauen.

Die Kellnerin schaute kurz und meinte anschließend: »Dann mal los! Ich bringe gleich die Rechnungen!«

Gesagt, getan. Kurze Zeit später erhielt jeder seinen Zettel.

Die erste Rechnung: Fünf Euro siebenunddreißig.

Fünfzig Euro verschwanden im Portemonnaie der Kellnerin. Nach einigem Wühlen zählte sie das Wechselgeld hin: »Fünf-fünfzig - sechs Euro - zehn - dreißig - fünfzig. - Bitte sehr, und einen guten Weiterweg!«

Beim nächsten waren es vier Euro und zwölf Cent. Auf ein großzügiges »Vier Euro zwanzig!« erschien wieder ein Fünfziger, und die Kellnerin suchte das erforderliche Wechselgeld heraus.

Die folgende Rechnung mit ähnlichem Betrag wurde mit einem Hundert-Euro-Schein bezahlt.

Die Kellnerin erschien allmählich ratlos: »So viel kleines Geld habe ich jetzt nicht dabei. Warten Sie bitte kurz!«

Sie verschwand nach drin und kehrte nach wenigen Minuten zurück.

Der nächste Gast war zufrieden gestellt.

Ähnliches wiederholte sich beim nächsten.

Die folgenden zwei Rechnungen wurden mit zwanzig Euro angezahlt; das Wechseln funktionierte selbstverständlich reibungslos.

Als beim nächsten Minibetrag wieder ein Hunderter erschien, zuckte die Kellnerin mit den Schultern: »So geht´s aber wirklich nicht! Hier ist keine Wechselstube!«

»Na, kommen Sie! Sie müssen uns doch auf unser gutes Geld herausgeben können!«

»Hmmm! Warten Sie bitte mal!«, war die mittlerweile ratlose Antwort.

Plötzlich schien ihr etwas eingefallen zu sein, denn sie fuhr entschlossen fort: »Es sind jetzt noch fünf Beträge offen. Ich schlage vor, Sie geben mir Ihre Scheine, und ich gehe nach hinten und regele das mit dem Geld. - Allerdings wird das ein paar Minuten dauern, das sage ich Ihnen gleich!«

»Machen Sie das nur in Ruhe - alles ist gut!«, tönte einer der Männer von vorhin.

Ausgestattet mit drei Fünfzigern und zwei Hundertern begab sich die Kellnerin in die Räume der Gaststätte.

Und wie angekündigt: Sie blieb einige Zeit verschwunden.

»Jetzt weiß sie nicht mehr, was sie machen soll«, frohlockte die eine Frau, während eine mitleidige Seele zu vernehmen war: »Da kam aber auch viel Ungünstiges zusammen. Wollen wir nicht bei einem Nebentisch fragen, ob sie aushelfen können?«

»Wart doch einfach mal ab, was sie jetzt macht!«, wurde sie beruhigt. Es war still geworden am Tisch, denn alle warteten gespannt. Sogar an den Nachbartischen wurden einige aufmerksam.

Endlich erschien die Kellnerin wieder und schritt auf den Tisch zu. Ein Portemonnaie war nirgends zu entdecken.

Statt dessen ließ sie die mitgebrachte Plasttüte mitten auf den Tisch plumpsen. Es klapperte laut.

»Hier drin befindet sich Ihr Wechselgeld. Ich habe es nur noch nicht auseinander sortiert. Sie dürfen aber gerne nachzählen! Es stimmt auf den Cent genau. - Ich wünsche Ihnen noch einen schönen Tag, und kommen Sie recht bald wieder!«

Auf ein Neues!

»Nicht das Alter ist das Problem, sondern unsere Einstellung dazu.«

(Marcus Tullius Cicero)

Wie jeden Tag ging sie vors Haus, um verschiedene Dinge zu erledigen: den Briefkasten leeren, überprüfen, ob sonst alles in Ordnung war. Und natürlich schaute sie die Dorfstraße hinauf und hinunter - wer da gelaufen käme oder was es sonst Neues gäbe. Und wie immer blieb ihr Blick am Haus gegenüber hängen. Dort, wo ihre langjährige Freundin Lisbeth lebte.

Paula schaute hinüber und dachte nach.

Vor fünfzehn Jahren war Lisbeths Mann an Krebs gestorben, und fünf Jahre später erwischte es Paulas Mann mit einem tödlichen Herzinfarkt.

So war es gekommen, dass sich beide Frauen zusammen taten: Sie besuchten verschiedene Seniorenveranstaltungen, oder sie unternahmen gemeinsame Spaziergänge.

Zu Geburtstagen hatten sie sich schon lange gegenseitig eingeladen.

Irgendwann einmal überreichte Lisbeth ihrer Freundin einen Hausschlüssel mit den Worten: »Damit du nicht erst bei mir klingeln musst, wenn mal was mit mir ist ...«

Hier hatte sie Paula unterbrochen: »Du hast zwar Recht, gib mir den Schlüssel. Aber nun hör auf!«

Paula war einige Jahre jünger als Lisbeth und fuhr noch Auto. Also gab es oft gemeinsame Einkaufsfahrten in die nahe gelegene Stadt.

Jedoch in den letzten beiden Jahren hatte Lisbeth häufig nicht mehr mitkommen wollen. Paula wusste nicht so recht warum.

Irgendwann im vergangenen Winter fragte Lisbeth ihre Bekannte: »Hast du meinen Schneeschieber genommen? Er steht nicht mehr an seinem gewohnten Platz!« – Paula hatte geantwortet: »Wieso denn das? Ich habe doch selber einen! Ansonsten würde ich dich doch vorher fragen!«

Ein paar Wochen später kam von Lisbeth die Frage: »Hast du meinen Besen genommen? Ich kann ihn nicht finden.«

»Guck doch mal genau nach!«, war Paulas Antwort. Lisbeth hatte Paula finster angeschaut, aber nichts gesagt.

Am nächsten Tag fuhr sie Paula an: »Wieso stellst du mir immer dein altes Zeug in den Hausflur!? Was soll ich denn damit? - Kann es sein, dass du mir manchmal etwas wegnimmst, ohne es mir zu sagen?«

Keine Antwort von Paula.

Immer wieder gab es solche komischen Fragen, weil angeblich wieder etwas verschwunden war.

Der Tonfall der Fragen verschärfte sich, und Paula sah keinen Sinn in einer Antwort, denn sie war gekränkt durch dieses zunehmende und unverständliche Misstrauen.

So begannen sich die beiden Frauen allmählich zu meiden.

***

Wie jeden Tag schaute Paula zum Haus gegenüber.

Lisbeth eilte eben zur Haustür hinaus und huschte in den Schuppen. Dort blieb sie eine ganze Zeit. Schließlich kehrte sie zurück ins Haus. Was hatte sie dort gemacht? Hatte sie wieder etwas vergeblich gesucht? Als sie Paula entdeckte, nickte sie gezwungen zum Gruß, beschleunigte ihre Schritte und verschwand im Haus.

›Was ist nur mit dir los‹, dachte Paula. Diese Frage beschäftigte sie seit Wochen.

Doch sie verspürte immer weniger Lust, auf Lisbeth zuzugehen, und wurde allmählich unmutig.

***

An einem der folgenden Tage erschien am Morgen gegen neun Uhr unvermittelt Lisbeths Sohn, begleitet von seiner Frau, und klingelte.

Nachdem sie ein Stück gewartet hatten, wiederholten sie das Klingeln.

Jedoch keiner öffnete.

Paula wurde neugierig und nistete sich hinter ihrer Wohnzimmergardine ein, um das Weitere zu beobachten.

Der Sohn und seine Frau schauten sich gegenseitig an und schienen zu beratschlagen, was sie tun sollten. Weitere Minuten verstrichen.

Der Sohn holte den mitgebrachten Schlüssel heraus und versuchte die Haustür zu öffnen. Das schien nicht zu funktionieren.

Paula spürte die Sorgen der beiden. Mit der Zeit erschienen sie ratlos.

Immer wieder versuchten sie sich mit Klingeln und Klopfen bemerkbar zu machen.

Doch nun geschah das schon nicht mehr Erwartete: Die Haustür ging auf, und Lisbeth erschien in der Tür, um die beiden zu begrüßen. Wie so oft hatte einfach ihre Dederonschürze übergezogen.

Sie fragte die Besucher, was sie denn wollten. Nach deren Antwort schüttelte sie den Kopf und deutete auf ihre Ohren. Ah - das Hörgerät!

Die drei gingen jetzt hinein und schlossen die Tür.

Nach einiger Zeit erkannte Paula, dass die drei im Wohnzimmer angelangt waren. Die dünne Gardine erlaubte es, das Geschehen ein bisschen zu beobachten.

Die beiden hatten die Mutter offenbar ziemlich überrascht, denn diese eilte ziellos hin und her. Sie schien irgendwelche Dinge zusammenzusuchen.

Ach ja - richtig! Heute wollten die beiden Lisbeth in das nahe gelegene Pflegeheim bringen. Bestimmt war das auch vereinbart worden. Jedoch Lisbeth schien von nichts zu wissen.

Nach ungefähr einer halben Stunde kamen die drei aus dem Haus. Der Sohn und seine Frau trugen schwere Taschen, Lisbeth ebenso. Nachdem alles im Auto verstaut war, stiegen sie ein und fuhren davon.

***

Paula hatte das alles hinter der Gardine beobachtet. In der jetzigen Situation konnte sie einfach nicht hinausgehen zu den dreien und etwas sagen.

Die aktuellen Geschehnisse beschäftigten sie jedoch ziemlich.

Nach dem Mittagessen ging Paula in die Garage, holte ihr Auto heraus und fuhr in Richtung Pflegeheim. Immer wieder legte sie sich Worte zurecht, was sie zu Lisbeth sagen könnte. Doch es wollte und wollte ihr nichts Passendes einfallen.

Schließlich kam sie auf dem Parkplatz vorm Heim an, stellte das Auto ab und steuerte in Richtung des Haupteinganges. Hinter der Tür war an der Wand ein großes Plakat zu sehen, auf dem man die Namen der Einwohner des Pflegeheims und ihre Zimmer ablesen konnte.

Paula entdeckte Lisbeths Namen. Sie fragte sicherheitshalber eine eben vorbeieilende Schwester, wie es wäre mit der Besuchszeit.

Paula könne ruhig am Zimmer klopfen. Daraufhin suchte sie das Zimmer 136 und verlangsamte ihre Schritte immer mehr, als sie erkannte, dass sie gleich am Ziel wäre.

Vor der Tür atmete sie mehrmals tief durch.

Fast wäre sie wieder fort gegangen, aber dann klopfte sie doch an und wartete.

Es dauerte nicht lange, da hörte sie Lisbeths Stimme: »Herein!«

Sie ließ es sich nicht zweimal sagen und trat ein. Ihre Freundin saß am Tisch und schaute die Besucherin überrascht an.

»Du hier! Das ist aber schön!«

Paula kramte in ihrer Tasche. Unter Lisbeths neugierigen Augen beförderte sie das altbekannte Halmaspiel auf den Tisch und stellte die Figuren auf. Wie oft hatten sie in der Vergangenheit Halma gespielt - richtige Turniere!

Dann setzte sie sich Lisbeth gegenüber auf den Stuhl und schaute ihre Freundin mit einem Lächeln an:

»Auf ein Neues!«

Höhenflüge

»Die Gelegenheit, auf die wir warten, ist meist schon da.«

(Paul Mommertz)

»Eigentlich dürfte ich gar nicht hingehen!«, meinte Luisa ungehalten. »So voll, wie der den Mund nimmt! Überall war er schon, und alles traut er sich! Was will der eigentlich noch?«

»Aber das interessiert dich doch schon die ganze Zeit! Ich merke es daran, dass du allmählich von nichts anderem mehr redest. Wie soll das erst werden, wenn du nun doch nicht hingehst! Ich kann das schon jetzt nicht mehr mit anhören. Außerdem hast du mich neugierig gemacht, wer das eigentlich ist - dein Chatpartner Patrick!«

»Neee, am Schluss schnappst du ihn mir noch vor der Nase weg!«

»Na klar, das hört man ja häufig, dass dann die beste Freundin und so ... Vergiss es, ich bin glücklich mit meinem Peter!«

»Eigentlich habe ich sogar etwas Angst. Bungee Jumping oder den ganzen anderen Extremsport - was der alles so macht! - Übrigens will er mich vielleicht auf die nächste Tour mit seinen Kumpels einladen. Sie wollen in die Alpen, um ein paar Flüge mit ihren Gleitschirmen zu machen. Wäre ja nicht schlecht, wenn ich da mitfahren könnte!«

Luisas Augen leuchteten. Fliegen ... Hohe Berge ... Darüber hatte sie sich in letzter Zeit oft mit Patrick, im Chat in aller Ausführlichkeit ausgetauscht. Offensichtlich hatten beide eine gemeinsame Vorliebe gefunden. Nun war Luisa sehr neugierig, ihn endlich persönlich kennen zu lernen.

In einer halben Stunde würde sie ihn treffen in dem Eiscafé in der Nähe; so war es verabredet. Als Erkennungszeichen hatten sie vereinbart, irgend etwas mitzubringen, was an Fliegen oder Bergsteigen erinnerte.

Luisa machte sich nun dem Weg, mit ihrer besten Freundin Carolin als moralische Unterstützung.

Beide betraten das Café. Die Tische waren locker besetzt.

»Da hinten in der Ecke, dort gehen wir hin! Ich will alles im Blick haben.«

Sie setzten sich nieder. Die Kellnerin war sofort da, und beide bestellten einen Schokoshake. So allmählich begannen sie die Umgebung zu mustern.

»Es ist gleich um drei. Ist er schon da, oder kommt er noch?«, meinte Luisa leise zu ihrer Freundin. »Und wenn er schon da ist - wer ist es denn dann?«

Unauffällig betrachteten beide die Gäste. Die drei Pärchen fielen natürlich aus, genauso die lustige

Runde Jugendlicher in der Mitte des Raumes. Gerade ertönte von dort wieder ausgelassenes Gelächter.

An dem einen Tisch saß allein ein ungefähr Siebzigjähriger mit Anzug und Krawatte, vor sich einem Kaffee. Eben zog er genüsslich an seiner Zigarre, während er die anderen Gäste musterte.

Die beiden schlugen rasch ihre Augen nieder, damit sich die Blicke nicht begegneten.

»Stell dir mal vor, DER hat mir im Chat geschrieben! Du weißt ja sowieso nie, wer wirklich dahinter steckt«, wisperte Luisa. »Oh nein! Ich will weg hier!«

»Wieso«, entgegnete Carolin. »Wenn du das richtig anpackst, hast du ausgesorgt. Er trägt dich auf Händen, weil er im Grunde froh ist, dass er dich junges Blut hat. Einen Hausfreund kannst du dir dann trotzdem noch leisten.«

»Sag mal, was erzählst du denn da? Das meinst du doch nicht wirklich ernst!«, war die ärgerliche Antwort. »Außerdem könnte ich mir den nicht mit einem Gleitschirm vorstellen! Und - sollte der wirklich Patrick heißen!?«

Die beiden schwiegen.

Wieder kam ein Gast herein. Was sollte man da noch sagen? Ein junger Mann im besten Alter, schwarze, lockige Haare und ein kleines Bärtchen, flott und sportlich gekleidet, allein ...

Gespannt verfolgten die beiden, wie er sich drei Tische entfernt niederließ. Er bestellte und wechselte ein paar Bemerkungen mit der Kellnerin. Was er sagte, verstanden sie nicht, doch der Art nach, wie diese sich entfernte, musste ein dickes Kompliment dabei gewesen sein.

Luisa und Carolin schauten sich an und holte tief Luft. Das war doch nicht - oder doch!? Als er vor sich auf den Tisch seinen Schlüsselbund legte, schauten die beiden gebannt hin: Außer den Schlüsseln hing tatsächlich als Maskottchen ein kleines Flugzeug daran!

»Das muss er einfach sein! Was soll sonst so einer allein hier!«

Und nun schaute er sogar zu den beiden hin! Ein freundlicher Blickkontakt war es. Wie hypnotisiert erhob sich Luisa und ging zu ihm hin. Sie fragte kurz und setzte sich dann mit an den Tisch.

Carolin beobachtete weiter: wie Luisa IHN ansprach und IHM die Ansichtskarte vom Mont Blanc zeigte, ihr Erkennungszeichen.

Er hörte interessiert zu. Doch dann sah Carolin ein Umschalten in seiner Miene. Nach seiner Erwiderung rutschte Luisa förmlich in sich zusammen. Sie stand auf und verabschiedete sich schnell. Wie einen begossenen Pudel sah Carolin ihre Freundin rasch näher kommen.

»Was ist denn los?«, fragte Carolin.

»Nein, er ist es leider nicht! Er erwartet in einer halben Stunde seine Freundin! Peinlich ohne Ende ist das! Das Miniflugzeug war natürlich nur ein blöder Zufall!«

»Und nun?«

»Zahlen und fort - was sonst!«

Zum Glück war die Kellnerin schnell da, nahm das Geld von den beiden entgegen, etwas verwundert über die plötzliche Eile.

Kurz vorm Ausgang hielt sie ein junger Mann im Rollstuhl auf. »Stopp! Hattet ihr auf jemand gewartet? Jemand mit einem bestimmten Erkennungszeichen?«

Die beiden hielten inne; sie nickten automatisch.

Er deutete auf den Gegenstand mitten auf dem Tisch. Es war eine Serviette, die er zu einem Flieger gefaltet hatte.

»Ist das als Erkennungszeichen okay? Wieso seid ihr denn eigentlich zu zweit? Mit wem von euch bin ich verabredet - wenn es denn noch so sein soll?«

»Ich glaube, ich gehe jetzt, und du bleibst hier!«, schaltete Carolin, und schwupp!! war sie verschwunden.

Er meinte jetzt: »Ich bin´s - Patrick! Wie erwartet, hast du mich vollkommen übersehen. Hatte ich mir ja gleich denken können ... Das passiert mir auch nicht das erste Mal, dass man mich gar nicht bemerkt. Vor zwei Monaten hat sich meine neue Bekanntschaft, mit der ich mich im Chat sehr gut verstand, nach fünf Minuten Verlegenheitsgestammel verabschiedet. - Wie ist das eigentlich mit dir?«

Luisa machte keine Anstalten zu verschwinden.

In den folgenden Minuten erfuhr sie, dass Patrick vor einem Jahr wegen eines schweren Motorradunfalls im Rollstuhl gelandet war. Seine Freundin hatte ihn bald unter fadenscheinigen Gründen verlassen. Seit einem halben Jahr wollte er gern wieder jemanden kennen lernen. Er hatte dabei jedoch schon weniger Schönes erlebt, wie sie eben von ihm gehört hatte.

Luisa machte ihm klar, dass sie fast nicht zum Treffpunkt erschienen wäre, weil er so dick auftrug. Mit der Folge, dass sie Angst bekam, in seinen Augen zu bestehen.

Nein - er wollte nur nicht wieder ein negatives Erlebnis haben.

»Aber weißt du, das mit dem Fliegen kriegen wir trotzdem hin. Mein Schulfreund hat seinen Flugschein gemacht und darf nun sogar Passagierflugzeuge fliegen. Er hat mich für nächstens eingeladen auf einen Rundflug mit einem ausgeliehenen kleinen Sportflugzeug. Dazu würde ich dich gern mitnehmen. - Willst du?«

Das Problem mit dem Vornamen

»Nichts kann mehr zu einer Seeleruhe
beitragen, als wenn man gar keine Meinung hat.«

(Georg Christian Lichtenberg)

Allmählich kam das Klinikgebäude in Sicht.

»Ob ich auch nichts Notwendiges vergessen habe einzupacken?«

Sie deutete auf die große Reisetasche, die er trug.

»Ich denke schon, dass wir alles dabei haben«, meinte er. »Wie geht´s dir übrigens?«

»Ich merke momentan nichts. Aber die Wehen werden sich bald wieder melden, denn es ist ungefähr eine Stunde her seit der letzten. Was ich immer so gehört habe - die Abstände zwischen den Wehen werden kurz vor der Geburt immer kürzer. Wenn es nur schon vorbei wäre!«

»Wie wollen wir unser Kind denn nun nennen? Warum hast du dir eigentlich nicht sagen lassen, ob es Junge oder Mädchen wird?«

»Verstehst du das nicht? Das ist doch viel spannender. Und früher wussten das die Leute auch nicht.«

»Aber da müssten wir uns nur um die Hälfte Namen einen Kopf machen!«

Sie wandte sich ab. Keine Lust mehr auf das Thema. Zu viele Dinge waren in dieser Hinsicht in letzter Zeit auf die beiden eingestürzt. Immer wieder endeten solche Überlegungen ohne ein zufrieden stellendes Ergebnis.

Sie erinnerte sich der häufigen Wortwechsel vorm Fernseher, wenn der Abspann eines Filmes lief oder der Name einer gerade sprechenden Person eingeblendet wurde. Dann lasen sich die beiden die manchmal ellenlangen Namenskonstruktionen vor: Josef-Otto Müller-Wunderlich, Sophie-Brigitte Lehmann-Naumburger und so weiter. Die mochten wohl oft beabsichtigt originell sein - doch das Ergebnis war mitunter fraglich.

In der Folge gab es Kommentare ungefähr dieser Art: »Ehe du in so einem Fall dein Kind gerufen hast, ist es schon dreimal um die Ecke verschwunden!« - »Da sagt sowieso kein Mensch Alexander-Christian. Die nennen den einfach Alex und fertig. Bis das Kind dann selbst seinen Namen richtig aussprechen kann ... na, gute Nacht!« - »Das soll wohl der neue Adel von heute sein?!«

Schließlich mündete das in Äußerungen wie: »Wer in unserer Familie mit Doppelnamen ankommt, der fliegt raus!«

Nein, das wollten sie auf keinen Fall. Aber da gab es noch genug andere Probleme.

»Weißt du noch: Großvater will unbedingt, dass wir als Zweit- und Drittnamen die Vornamen eines Eltern- und Großelternteiles nehmen. Das wäre so Tradition!« Die Äußerung verriet, dass sich seine Gedanken ebenfalls um dieses Thema drehten.

»Wenn es ein Mädchen wird und wir es Cindy nennen würden, dann brauchten sie nur noch mit pinkfarbener Kleidung als Geschenk zu kommen, und schon sind wir bei Cindy aus Marzahn! Eine schreckliche Vorstellung. Womöglich prägt der Name das spätere Aussehen! Nicht auszudenken!«

Auch so mancher normale und eigentlich schöne Name schloss sich aus. Da kannten sie jemand, und an die betreffende Person wollten sie nicht immer denken müssen, wenn es um ihr Kind ging.

Oder das Kind, das mit einem lang gezogenen Schrei vom Spielplatz nach Hause gerufen wurde: »Miiiiiaaaaaa - komm! Nooooooo-eeeeeeel! Theeee-aaaaa! Komm nach Hause!«

»Ich möchte auch, dass man am Namen schon gleich erkennt, ob es ein Junge oder ein Mädchen ist. Da gibt es ja heutzutage eigenartige Varianten, zum Beispiel Chris oder Dion-Luca ..., bei denen du es manchmal gar nicht gleich wissen kannst.«

Ein Auto raste vorbei. An der Heckscheibe war zu lesen: »Silas an Bord!«

»Was ist denn das - ein Meerschweinchen vielleicht??«

»Auf wen sollen wir denn noch alles Rücksicht nehmen!? Schließlich ist es ja unser Kind. Da sollte man diese Entscheidung auch uns überlassen und es nicht übertreiben mit dem Reinreden!«

So allmählich klang er richtig böse.

Sie betraten die Klinik. Vorher mussten sie kurz stehen bleiben, um bei ihr eine Phase Wehen vorüber gehen zu lassen.

Als sie den Gynäkologiebereich betraten, blieben sie an der Wandzeitung stehen, wo die Fotos der zuletzt hier geborenen Kinder nebst zwei Namenslisten mit den häufigsten Mädchen- und Jungennamen zu lesen waren.

Neben geläufigen oder wieder aktuellen Namen wie Lukas, Julia, Tom, Willi, Maxi, Louise fanden sich auch Sidney-Vince, Selenja Charlyn, Liam-Loki, Luna, Nooran, Dakota, Mo und andere.

»Oh je, was tun da nur manche ihrem Kind an!«

»Man sollte als Deutscher sein Kind auch vom Namen her deutsch erscheinen lassen, ohne gleich an negatives Deutschtum zu denken.«

Sie schauten sich stumm und verstehend an und gingen weiter zum Empfang. In ihrem Kopf drehten sich die Gedanken. Eigentlich wussten sie allmählich gar nichts mehr.

Schließlich lag sie eine halbe Stunde später im Kreißsaal. Er saß neben ihr auf einem Stuhl, und ihm ging es nicht wirklich besser als ihr.

Sie beobachtete die Anzeigegeräte. Es begann zu knirschen. Also kämen gleich wieder die Wehen. Eine »wunderschöne« Erwartung. Immer kürzer wurden die Abstände und immer stärker die Wehen. Immer wieder stand ihr Mann reichlich hilflos neben dem

Bett und hielt ihre Hand. In ihrem Kopf schwirrten die Gedanken und drehten sich durcheinander. In immer kürzeren Abständen wurden sie hinweggewischt von den Schmerzen.

Nebenan lag eine »erfahrene« Mutter, die ihr fünftes Kind erwartete. Sie erzählte ununterbrochen von ihren Geburten und wie sie sich die Namen überlegt hatte.

Die Gedanken rotierten im Rhythmus des Wehentropfes bis zur totalen Verwirrung .

Als sie immer wieder glaubte, es ginge nicht mehr schlimmer und man könne es allmählich nicht mehr aushalten, kam irgendwann die Erlösung.

Die großen Schmerzen waren vorbei. Da war ein nasses, schwach schreiendes Etwas, das die Hebamme kurz an beiden Füßen festhielt. Sie wog das Neugeborene, legte es dann behutsam in ein weißes Tuch und gab es ihr in den Arm.

»Alles gut! Der Junge ist gesund und wiegt 2980 Gramm! - Aber wie soll er denn jetzt heißen?«

Die beiden frischgebackenen Eltern schauten sich an, wissend, was ihnen so alles durch den Kopf gegangen war in den vergangenen Stunden. Er wartete nun gespannt auf den Namen. Sagen wollte er nichts, denn Zeit für Diskussionen war jetzt wirklich nicht.

In ihrem Kopf war alles leer und ruhig. Und plötzlich tauchten da drei Buchstaben aus dem Nebel auf, und sie sagte: »Nennen Sie ihn Max!«

Makabres

Frauentausch

»Die List ist eine natürliche Gabe des weiblichen Geschlechts, und da ich überzeugt bin, dass alle natürlichen Neigungen an sich gut sind, bin ich der Meinung, dass man diese wie die anderen pflegen sollte.«

(Jean-Jacques Rousseau)

(I)

Tropf - tropf - tropf.

›Irgendwo scheint hier ein Wasserhahn undicht zu sein‹, denkt sie. ›Wo denn?? Und warum??‹

Mühsam wendet sie den Kopf. Es fällt ihr schwer, sich zu orientieren. Alles erscheint wie in Watte.

›Warum bin ich denn so benommen?‹, denkt sie krampfhaft.

Alles ringsum kommt ihr unbekannt vor. Und gemütlich ist es hier überhaupt nicht - wie es etwa zu Hause wäre.

Nach rund fünf Minuten gelingt es ihr endlich aufzustehen. Sie befindet sich in einem eher kleinen, rechteckigen Raum. An einem quadratischen Tisch steht ein einfacher Stuhl. Und dort drüben entdeckt sie ein Waschbecken.

Es gibt auch eine Tür. Aber was für eine! Was haben sie denn hier für primitive Türen?!

Doch jetzt kann sie wenigstens hinausgehen und nachsehen, wo sie sich eigentlich befindet.

›Hoppla, die Tür hat ja gar keine Klinke, und sie lässt sich auch nicht aufschieben‹, ist ihre plötzliche Feststellung.

Nun wird sie allmählich wütend und trommelt an die Tür. Erst langsam und dann immer heftiger.

»Hallo! Aufmachen! Ist hier wer!? HALLO!!«

Keine Reaktion.

Ihr tun inzwischen die Fäuste weh, und sie gibt notgedrungen auf.

Sie dreht sich herum. Plötzlich fällt ihr Blick auf das einzige Fenster des Raumes. Es ist ein einfaches, wie alles hier, und nicht besonders groß.

Nanu, was ist denn das? Gitter an den Fenstern?!

Sie setzt sich aufs Bett. Angestrengt denkt sie nach.

Krampfhaft versucht sie sich zu erinnern, was geschehen war und wie sie hierher gekommen sein könnte. - Wo ist sie bloß gelandet? In der Ausnüchterungszelle?

***

(II)

Jens wusch sich, putzte die Zähne und begab sich dann zum Frühstück. Gemeinsam mit seiner Frau natürlich.

Na ja, an einem Tisch saß er schon mit ihr. Aber geistig war er bereits weg - das spürte Antje. Wie verhext, ihre Verbindung mit Jens hatte Risse bekommen. Sie fühlte sich momentan nicht in der Lage, seine Wünsche zu erfüllen, vor allem die im Bett. Aber das schien ihn nicht weiter zu stören.

›Bitte, warte! Es kommen auch wieder bessere Zeiten!‹, dachte sie oft mit banger Hoffnung. Kein befriedigender Zustand. Es schwebte bei ihnen Unbewältigtes durch die Luft.

Jeden Morgen dachte Jens zwangsläufig schon daran, dass er bald Melanie unter den Gefangenen sehen würde, wenn er sich in die Justizvollzugsanstalt begab zu seinem Job als Wärter. Die beiden hatten in letzter Zeit immer mehr ihre Sympathie füreinander entdeckt, und bei wenigen Gelegenheiten, wenn jede Gefangene wieder in ihrer Zelle war, hatten sie schon sehr eng zueinander gefunden.

Melanies sexueller Hunger tat ihm gut. Dagegen konnte er nichts machen und wollte das auch immer weniger tun, zumal ihm in dieser Hinsicht zu Hause einiges fehlte.

So kam es, wie es kommen musste: Spinnereien, dass man gemeinsam noch einmal ganz neu anfangen könnte.

Unrealistische Phantastereien??

Da war dann die verrückte Idee, das irgendwie umzusetzen, nicht mehr weit weg. Melanie drängte und drängte ihn.

»Wollen wir heute Abend endlich wieder einmal zusammen essen gehen?«, hörte Antje plötzlich die Stimme ihres Mannes.

»Ja!«, antwortete sie hastig, bevor diese Frage sich als Halluzination erweisen konnte.

»Treffen wir uns nach meinem Dienst. Hol mich um sechs ab, und wir gehen zu unserem Italiener.«

»Abgemacht, ich komme!«

***

(III)

Am Ende ihres Abendessens gab Jens der Kellnerin ein großzügiges Trinkgeld. Dann meinte er zu Antje: »Willst du nicht schnell noch auf die Toilette gehen? Der Weg bis nach Hause ist weit!«

Gesagt - getan, und schon war Antje weg. Er betrachtete nachdenklich den Tisch. In ihren beiden Gläsern war noch ein Rest zu trinken. Als Antje zurückkehrte, ergriff er sein Bierglas: »Los, trink auch aus! Wir müssen ja nicht die Rester stehen lassen.«

Nachdem sie die leeren Gläser abgestellt hatten, machten sie sich auf den Nachhauseweg.

»Schau mal, der Orion kommt allmählich immer deutlicher ins Blickfeld. Es wird Winter!«, sagte er und wies nach oben. Antje nickte schwach. Dafür hatte sie sich nie so recht interessiert. Das wusste er doch!

Nach kurzer Zeit blieb sie stehen, weil sie spürte, dass sie nicht mehr weitergehen konnte.

»Soll ich dich in den Arm nehmen?«, fragte er.

›Wieso denn das, das hast du doch wer-weiß-wie-lange nicht gemacht‹, wollte sie antworten. Doch das funktionierte nicht. Sie wusste nichts mehr von sich, und alles versank im Nebel.

***

(IV)

Die beiden biegen mit dem Auto nach rechts ab. Nun verläuft die Straße geradeaus und führt direkt zur rettenden Grenze.

»Ich hoffe, wir sind schnell genug, und sie suchen uns noch nicht. Dann können wir problemlos passieren.«

»Das hoffe ich auch«, meint Melanie. »Bloß gut, dass ich zufällig deiner Frau so frappierend ähnlich sehe. Sonst wäre das gar nicht möglich gewesen.«

»Verdammt noch mal, das war doch eine ziemliche Gemeinheit! Was wird denn nun mit ihr?«

Sie streichelte seinen Arm. »Das hat dich in letzter Zeit auch kaum interessiert. Denk doch mal an dich - und an uns! Wir haben uns beide endlich. Ist das nichts? Wir fangen ganz neu an!«

»Ein Glück, dass ich sie am Ende noch dazu bringen konnte, auf die Toilette zu gehen. Ein weiteres Glück, dass sie alles brav ohne weiteres ausgetrunken hat! Sonst wären wir jetzt nicht hier!«, grübelt Jens.

»Und ehe sie herausbekommen, wer wer ist, sind wir über alle Berge! Doch eigentlich möchte ich wenigstens einmal ihr Gesicht sehen, wenn sie aufwacht!«, strahlt Melanie.

»Hör auf damit! Ich kann das nicht mehr hören! Ich will nicht daran denken! Ein Zurück gibt es nun sowieso nicht! - Meinem Kumpel Martin habe ich übrigens nicht ganz so viel in sein Wasser gemischt. Aber dadurch, dass er lahmgelegt war, fällt wenigstens kein Verdacht auf ihn. Gut, dass er vorher noch beim Umziehen geholfen hat.«

Das Auto fährt immer weiter der Grenze zu.

Ausnahmen bestätigen die Regel

»Ein Teil des Lebens besteht aus Korrekturen.«

(Werner Heiduczek)

Artikel bei Versandhäusern oder im Internet zu bestellen ist heute eine der normalsten Sachen der Welt.

»Da laufe ich lieber nackig herum. Aber von denen kommt mir nichts mehr ins Haus!« - mein letzter Kommentar zu diesem Thema. -Wie kam denn das??

Vor einigen Monaten war es wieder einmal soweit. Wir bestellten verschiedene Anziehsachen, und nach einigen Tagen kamen in Einzelpaketen die gewünschten Teile: verschiedene Pullis, ein Body sowie Leggings für zu Hause, und zur Vorsicht manches in zwei verschiedenen Größen.

Nach dem Anprobieren blieben zwei Teile übrig: eins der zwei Bodies, welches sich als zu groß herausstellte, und eine Hose.

Letztere war uns etwas suspekt. Sie hatte rote Außenstreifen und reichte nur bis zu den Knien - für Leggings etwas sehr kurz. »Die sieht so anders aus. Hatte ich die überhaupt bestellt?«, fragte ich in den Raum.

»Das musst du doch selber wissen«, war die Antwort meines Mannes.

Wir beschlossen, die Hose als zu klein zurückzuschicken. Als rationeller Typ schätzte ich ein, dass ich trotz zweier Rücksendeaufkleber beide Artikel auch in einem Päckchen zurückschicken könne. Das wäre doch viel ökonomischer – ein Päckchen statt zwei.

Gesagt, getan.

***

Einige Wochen später. Ein Päckchen vom Versandhaus ABC traf bei uns ein.

»Was ist denn da drin? Es ist doch alles Bestellte schon da. Mehr kann es nicht sein!«

Und was befand sich darin?

Eine viel zu kleine Hose, die mir irgendwie bekannt vorkam ... Sie war an die falsche Adresse zurückgesendet worden, las ich. Nicht das Versandhaus ABC, sondern der Subunternehmer XYZ hätte das bekommen müssen.

Mein Mann und ich schauten uns gegenseitig an. »Woher sollten wir denn das wissen?«

Ach so - die ungefähr fünfzehnstelligen Kennnummern der Päckchen waren verschieden gewesen ...

Nach einem klärenden Anruf bei ABC und dortigem kurzen Zögern erhielt ich einen weiteren Rücksendeaufkleber. Ich sollte die Hose wieder hin schicken, was ich auch tat.

***

Einige Wochen später. »Ist unser Kundenkonto bei ABC jetzt geklärt?« – »Nein, da sind immer noch diese 59,90 Euro drauf.«

- Hä???

***

Einige Wochen später. Ein Päckchen.

»Was ist denn da drin? Ich hatte doch gar nichts mehr bestellt!«

Jetzt erst richtig neugierig geworden, allmählich aber auch etwas unmutig, öffneten mein Mann und ich hastig das Päckchen. Und was befand sich darin?

Na, was denn wohl? - Wieder diese Hose!

Nach weiterem Wühlen entdeckte mein Mann ein bedrucktes Blatt: »Unser Anbieter XYZ ist nicht bereit, die Hose in diesem Zustand zurückzunehmen. Es existieren deutliche Gebrauchsspuren. Sie müssen sie so behalten. Auch wenn Sie die Hose zu uns zurückschicken, bleibt die Forderung von 59,90 Euro bestehen.«

Unterschrift. Punkt.

Bei genauerem Hinsehen stellte ich fest, dass es einen Aufnäher auf dem linken Bein gegeben hatte, der abgetrennt worden war. Die Hose sah außerdem so aus, als ob sie jemand gewaschen hätte.

Das alles sollte mir beim einmaligen Anprobieren passiert sein??

Ich schickte daraufhin eine E-Mail an ABC, die mit den Worten begann: »Es ist eine Unverschämtheit ...«, was stark abgeschwächt meiner derzeitigen Stimmung entsprach. Außerdem schrieb ich, dass ich mir es bei Nichteinigung Rechtsmittel vorbehalten würde, denn ich sei mir keiner Schuld bewusst.

***

Allein - es nutzte nichts. Das Versandhaus ABC beharrte auf seiner Forderung.

Absurde Situationen erzeugen mitunter ziemlich absurde Gedanken.

»Weißt du, es wird Zeit für mich, wieder einmal eine Zigarette zu rauchen!«

Mein Mann sah mich an, als ob ich mich allmählich zum Alien verformen würde. Sind wir doch beide konsequente Nichtraucher.

»Bist du jetzt total übergeschnappt?«

»Wart mal!«

Schnell ging ich zu meiner Bekannten in der Nachbarschaft - eine Raucherin. Auf meine Bitte um eine Zigarette erntete ich zunächst einen besorgten Blick. Als sie dann vernahm warum, bekam sie einen Lachanfall und rief: »Das muss ich sehen!«, und schon hatte ich meine Zigarette.

Wie zwei Siegerinnen kehrten wir beide im Marschierschritt zurück. Die Zigarette hielt ich dabei vor mir hoch wie ein Beuteobjekt.

»Wo ist die Hose? Die brauchen wir jetzt!«, rief die Nachbarin.

Ich eilte zum Paket, holte die Hose heraus und legte sie auf den Gartentisch. »Anziehen kann ich sie aber wirklich nicht, die ist mir Meter zu eng!«

Unter den fassungslosen Blicken meines Mannes zündete ich mir die Zigarette an.

»Ta-taaa! Die erste Zigarette seit zwanzig Jahren! - Und ziemlich sicher auch die letzte«, setzte ich beim besorgten Blick meiner Ehehälfte hinzu.

»Und jetzt passt mal auf!«

Ich führte die brennende Zigarette zur Hose und brannte ein Loch hinein, allerdings so, dass die andere Seite heil blieb.

Die beiden verfolgten mein Tun.

»Ist euch klar, dass das beim Grillen jederzeit passieren kann? Außerdem hat die Hose nun Gebrauchsspuren, wie die im Versandhaus gefaselt haben. Zwar andere, als die gemeint haben, aber das ist ja egal!

Nun auf zur Haushaltsversicherung, denn die bezahlt uns den Schlamassel! Diese letzte Gabe bekommt dann das Versandhaus, und wir haben keinen Schaden bei der Sache - nur eine ganze Menge Spaß!«

Gelungene Maskerade?

»Jede Erscheinung beweist ihre
Notwendigkeit durch ihr Dasein.«

(Baruch de Spinoza)

Plötzlich hatte ich Spaß an der Verkleidung und probierte das ganze Kostüm an.

Und siehe da: Als ich in den Spiegel blickte, da entdeckte ich - DENNY BLUHM! Wegen Perücke und Verkleidung musste ich zweimal, nein: dreimal hingucken. Aber der Mann im Spiegel war es tatsächlich: DENNY BLUHM, der bekannte Unterhaltungskünstler, momentan führender Comedy-Star.

Ich tastete mich ab, das Gesicht, die Arme, den Bauch. Kein Zweifel: Ich war DENNY BLUHM. Jetzt noch die typische Bewegung, die ich schon oft im Fernsehen an ihm beobachtet hatte, zum Beispiel auch in den Werbeeinblendungen, die oft während eines ganz normalen Filmes unvermittelt auftauchten.

Ich hatte das mittlerweile perfekt gelernt: die Haare zurückwerfen und dann diese allumfassende Geste an das Publikum. Nun mussten sie sich schon krümmen vor Lachen, in Erwartung dessen was überhaupt noch nicht gesagt worden war. Wie oft hatte ich dieses bescheuerte Zurückwerfen des Kopfes nachgeäfft.

Meine Frau sagte dann immer: »Da brauche ich eigentlich kein Fernsehen mehr! Du kannst das viel besser, und deine Witze sind sowieso die schöneren!«

Der Verkäufer sagte jetzt verwundert zu mir: »Und Sie haben tatsächlich den ganzen Becher ausgetrunken?«

»Ja«, meinte ich, »sollte ich das nicht?«

»Ich hatte gesagt: nur zwei Schluck!«

Ich stockte einen kurzen Moment. Das war sowieso der Wahnsinn, wie es mich hierher verschlagen hatte. Während des Stadtbummels wollte meine Frau in das eine Modegeschäft gehen. So etwas war nun gar nicht nach meinem Geschmack: zugucken, wie sie ein Teil nach dem anderen anprobierte … Und ich sollte dann immer etwas Intelligentes dazu äußern: wie schön das jetzt aussähe und so weiter. Nein, da wollte ich lieber meiner eigenen Wege gehen! Und so hatten wir uns getrennt, und dabei stieß ich auf dieses Scherzartikelgeschäft, welches es hier doch nochnie gegeben hatte.

Grund genug dafür, dass ich mich hinein begab.

Was hier alles zu entdecken war! Ich kam aus dem Staunen nicht heraus: Ganze Kostüme von aktuellen Schauspielern, Sängern, Komikern erkannte ich.

Dabei war Fasching erst in einem halben Jahr. Der Verkäufer bemerkte meinen erstaunten Blick, näherte sich, griff ein Kostüm heraus und hielt es mir hin:

»Hier - das müsste zu Ihnen passen. Bei mir können Sie sich in alle möglichen Personen verwandeln. Probieren Sie doch mal, Sie werden staunen!«

»Verkleiden, meinen Sie«, sagte ich.

»Nein - verwandeln meine ich!«

***

Und so war es gekommen, dass ich die Sachen von DENNY BLUHM angezogen hatte, samt Perücke und Brille. Als ich vollständig angekleidet war, drängte mich der Verkäufer: »Damit das richtig echt wird, müssen Sie davon ein paar Schluck trinken.«

Er hielt mir einen Becher hin.

ich trank den Cocktailmix, der zugegebenermaßen sehr gut schmeckte, vollständig aus und spürte, wie die Flüssigkeit durch mich hindurch prickelte.

Ich fühlte mich leicht - die ganze Welt war leicht - alle Probleme schienen fortzurücken - ich hätte Bäume ausreißen können!

»Zu jedem Kostüm gibt es auf Wunsch ein passendes Getränk«, hörte ich die Stimme des Verkäufers. »Das sorgt für eine echte Verwandlung. Normalerweise reicht ein Schluck für eine Stunde. Aber wie das nun bei Ihnen wird - wer weiß!«

»Nun gehen Sie schon raus vor den Laden! Glauben Sie mir, Sie werden viel Vergnügen haben da draußen!«, hörte ich den Verkäufer sagen.

Ungläubig blickte ich ihn an. Ich sah ein Gesicht mit einem abwartenden und wissenden Lächeln. »Sie sehen täuschend echt aus. Als ob DENNY BLUHM selbst hier wäre! Und Sie fühlen sich jetzt auch wie er, merken Sie das?«

Ja - wenn er das so sagte ...

»Na los doch, unter die Leute jetzt!!« Mit diesen Worten schob er mich aus der Tür.

Da stand ich nun. Die Fußgängerzone war bunt und voll Leute. Alles eilte an mir vorbei. Noch drei Schritte, und ich war selber in den Menschenstrom eingetaucht und lief wie von selbst mit. Schon waren ungefähr fünf Minuten vorbei, und der Laden war inzwischen weit weg.

»Aber das ist doch ...!«, erklang es hinter mir.

Ich schaute mich um und erblickte eine Frau in den mittleren Jahren. Sie hielt mich fest. »Aber nein! Davon habe ich zwar schon oft geträumt, aber nun ist es wahr! DENNY BLUHM! Sie sind es doch wirklich!?«

Wen meinte sie eigentlich? Mich!? Aber ich war doch nicht DENNY BLUHM - nein! Das musste sie doch sehen!

Sie fing an, die Passanten ringsum anzuschubsen. »Schauen Sie doch mal! Das kann doch nicht wahr sein! Aber er ist es! DENNY BLUHM! Hier! Hier!«

Ich wollte fort, aber ich kam nicht weiter, weil sich um mich eine Traube von Leuten gebildet hatte.

»Hier - hier - hier ist er!«, wiederholte die Frau immer wieder richtig hypnotisch.

Da lachte der Schalk in meinem Hinterkopf: ›Tu der Frau doch den Gefallen! Spiel mit! Mal sehen, wie echt du wirklich bist!‹

Ich zog sie zu mir heran und raunte ihr ins Ohr: »Sie haben aber ein Adlerauge! Mich erkennt man sonst überhaupt nicht, wenn ich so unterwegs bin! Kompliment an Sie!«

»Wenn Sie jetzt schon mal hier sind, müssen Sie mir auch ein Autogramm geben!«

»Ich habe doch jetzt keine Autogrammkarte dabei!«

»Aber ich schon! Bitte - hier!«

Erwartungsfroh reichte sie mir das bunte Bild.

Der Schalk im Hinterkopf schien zu grinsen: ›Na, glaubst du es jetzt oder immer noch nicht?‹

Klar, ich musste ihr das Autogramm geben. Das tat ich doch auch sehr gerne!

›Wie du nun heißt, weißt du ja, und noch eine Doktorschrift dazu - das müsste doch klappen. Mach - los!‹, raunte das Männlein in meinem Ohr. Ich drückte die Karte gegen die Hausmauer, setzte den Stift an, und da war das Autogramm. Wer hatte mir jetzt die Hand geführt, als ich ›DENNY BLUHM‹ hinschrieb? Das war doch gar nicht meine Handschrift!?

»Na ja, wenn Sie am Tisch sitzen, sieht das viel gestochener aus. Aber so ein Autogramm von Ihnen hat keiner!«

Ich nickte auf die am Fernseher oft beobachtete Art und Weise und warf das Haar zurück.

»Nun erkenne ich Sie endgültig! Das kann niemand anders! - Danke! Danke!«

Inzwischen hatten sich viele neugierige Leute angesammelt, die wissen wollten, was denn hier los sei.

Mich ritt inzwischen der Teufel. Ich streckte den Arm aus in Richtung der Frau, der ich eben das Autogramm gegeben hatte, ganz wie DENNY BLUHM es gemacht hätte. Mit einem eleganten Wink holte ich sie zu mir heran. Sie folgte wie hypnotisiert.

»Und nun begrüßen Sie in meinem Namen die vielen Leute!«, wies ich sie an.

Sie drehte sich in der Runde und machte in mehrere Richtungen einen tiefen Knicks. Beifall belohnte sie.

***

›Nein, nun reicht es!‹, dachte ich. Ab in den Laden und zurückverwandeln, ich wollte wieder ich selbst sein!

Bevor die Leute begannen, sich erneut nach mir umzublicken, war ich in einer Seitengasse verschwunden. Ich eilte auf Umwegen zurück in Richtung des Scherzartikelgeschäfts, währenddessen ich mich immer wieder umschaute, ob mir niemand folgte.

Doch so lange ich auch suchte - der Laden war nicht zu finden. Nach einigen Minuten vergeblichen Forschens gab ich auf und eilte weiter.

Nichts wie nach Hause jetzt, wohin denn sonst! Durch den Park musste ich noch hindurch. Dort war um diese Zeit wie erwartet zum Glück niemand, und so rannte ich immer weiter, um endlich unser Haus zu erreichen. Dort angelangt, schloss ich hastig die Tür auf und eilte zur Garderobe. Ich wollte einfach nur die fremden Sachen ablegen und die eigenen anziehen. Dann würde nichts mehr an diesen ganzen Spuk erinnern. Ich wollte endlich raus aus dieser verrückten Verkleidung!

Doch die Sachen ließen sich nicht ausziehen. Die Perücke saß fest wie echt, und auch die Kleidungsstücke waren wie angeschweißt. Da befand ich mich in dieser anderen Identität und kam nicht mehr heraus!

***

Plötzlich öffnete sich die Wohnzimmertür, und da stand sie - meine Frau. Sie starrte mich an. Doch natürlich sah sie nicht mich, ihren Mann.

Also vernahm ich: »Wer sind Sie denn, und wie kommen Sie hierher!? - Moment mal, Sie sehen aus wie - wie - DENNY BLUHM!«

Ich öffnete den Mund, um ihr zu sagen, wen sie hier vor sich hatte, wollte diesen idiotischen Irrtum aufklären.

Doch es kam etwas ganz anderes heraus: »Meine besten Fans überrasche ich auch gern mal zu Hause! Hier bin ich! Haben Sie nicht wenigstens einen Espresso für mich?«

Das Gesicht meiner Frau verfinsterte sich.

»Da Sind Sie bei mir aber völlig falsch gelandet! Gehen Sie augenblicklich, ich will Sie hier nicht haben! Sonst hole ich die Polizei!«

Und ehe ich etwas antworten konnte, war sie fort. Das ging ohnehin nicht: etwas sagen. - Wer weiß, was da aus meinem Mund für Äußerungen herausgekommen wären!

Als ich kurz aus der Haustür lugte, sah ich, wie sich von weitem eine Masse Leute näherte, allen voran die Frau, der ich vorhin das Autogramm gegeben hatte. Zielgerichtet steuerten sie auf unser Haus zu. Ich schloss die Tür, stürzte in mein Arbeitszimmer, sperrte mich ein und verkroch mich in meinen Ohrensessel.

›Ich will raus hier, alles aufklären!‹, rief in mir die eine Hälfte, allerdings war es die hilflose.

Vorm Haus waren jetzt immer mehr Stimmen von den aufgeputschten Fans zu hören:

»Hier drin ist er!« - »Ich will ihn sehen!!« - »Heraus mit ihm!!«

Und dann kamen energische Schritte näher. ich hörte meine Frau, die rief: »Werfen Sie diesen Kerl raus! Ich weiß gar nicht, wie er hier herein gekommen ist! Ab in den Knast mit ihm! Das ist Hausfriedensbruch! Außerdem hat er mir die vielen Papparazzi angeschleift! Ich will endlich meine Ruhe haben!«

Nun waren sie alle vor meinem Zimmer angelangt und pochten laut an die Tür. »Kommen Sie heraus, das geht aber jetzt wirklich zu weit!«

»Kommt doch rein, wenn ihr mich haben wollt!«, hörte ich mein neues, ungeliebtes Ich rufen.

»Brechen Sie endlich die Tür auf! Er soll ins Gefängnis!«, rief meine Frau.

Es gab keinen Ausweg, und die Tür würde bald nicht mehr standhalten, hörte ich ganz deutlich.

Diese Schande! Nur weg von hier!

Ich stürzte zum Fenster und riss es auf. Zehn Meter Tiefe gähnten mich an.

***

Ein dumpfer Knall. Dann ein Schmerz am Oberschenkel und am Kopf.
Wo bin ich? Was ist los hier!?
»Was schreist du denn dauernd ›Nein! Nein! Nein!‹«
Das ist die Stimme meiner Frau. Was will sie eigentlich von mir?!
Während ich behutsam aufstehe und mein schmerzendes Bein reibe, denke ich: ›Schön war es aber trotzdem, so kurzzeitig jemand anders zu sein. Noch schöner ist jedoch die Erleichterung, dass ich nun wieder in der Wirklichkeit angekommen bin!‹

Die Mutprobe

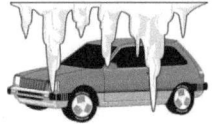

»Mut ist die Tugend,
die für Gerechtigkeit eintritt.«

(Marcus Tullius Cicero)

»Heute bist du dran! Endlich, denn darauf hast du doch schon lange gewartet: richtig zu uns zu gehören! Oder?«

Brian blickte ihm ins Gesicht, und Fabian konnte seine Sehnsucht nicht verbergen. Schon lange zog er mit der Truppe durch die Gegend. Da die geklaute Zigarette, die dadurch erst richtig gut schmeckte, dass sie geklaut war, da ein Graffiti an der weißen Wand, da ein umgestürzter Papierkorb ...

Und immer die braven Leute, die vorbeiliefen und sich entrüsteten, wer das wohl wieder gewesen sein könnte. Diese Spießbürger, die sich so aufregten und doch nichts machen konnten. Das war der schönste Lohn. Alle hatten sie im Grunde Angst. Und keiner wusste, wer´s gewesen war. Es war auch nicht heraus zu bekommen!

Was hatte sich wohl Brian diesmal ausgedacht?

Neugierig blickte Fabian ihn an. Er wollte es endlich hinter sich haben und dazu gehören. Endlich!

»Na los, sag schon! Soll ich irgendwo was klauen oder mich dumm benehmen? Oder probieren, wie lange ich es im kalten Wasser aushalte?«

Brrrr! Er schaute auf die verschneiten Bäume und die zugefrorenen Pfützen.

»Jaaaaaa! Mit kaltem Wasser. Das ist ein guter Gedanke!«

›Nein, bitte nicht!‹, schrillten die Alarmglocken in Fabians Hinterkopf.

»Hineinsteigen ins Wasser sollst du nicht, keine Angst! Womöglich erfrierst du uns noch. Das wollen wir doch auch nicht.« Brian schaute in die Runde seiner Freunde. Er registrierte beifälliges und erwartungsvolles Nicken.

›Aber irgend etwas brütet er doch aus!‹, dachte Fabian.

»Es gibt viel schönere Dinge, an denen wir alle unseren Spaß haben! Und den wollen wir nun mal, das ist die Hauptsache!«

Brian drehte sich herum und schaute die Straße hinunter. Wie jeden Tag waren dort die Autos abgeparkt von den Leuten, die in den beiden Mietshäusern wohnten und morgen früh auf Arbeit mussten.

»Seht ihr die ganzen Autos stehen? Stellt euch mal folgendes vor: Morgen früh rennen alle diese Leute herum wie angestochen und müssen die Scheiben frei kratzen. Warum? Weil irgend so ein Blödmann Wasser über das Auto gegossen hat in der Nacht. Ein schönes Bild! Das können wir alle gut aus dem Fenster beobachten. Dafür lohnt es sich übrigens, ganz früh aufzustehen. Manchmal ist es nämlich richtig schön, ein Blödmann zu sein, nicht wahr?«

Der Blick war nun auf Fabian gerichtet. »Du kennst deine Aufgabe, was wir morgen früh hier sehen wollen! Dein Ziel sind die Autos gegenüber. Je mehr du schaffst, desto besser! Am besten alle. Klar?«

»OK.«

Sie trennten sich. Während sie nacheinander im Eingang ihres Hauses verschwanden, musterten sie mit Vorfreude die Reihe der Autos.

***

Fabian schleppte den siebenten Eimer Wasser vom Kellerraum zur Straße. Alles war gut gegangen. Jetzt, nachts um zwei, hatte das natürlich keiner bemerkt. Die Straßenbeleuchtung war ziemlich schummrig und erreichte ihn kaum, weil er schön weit außen herum lief. Immer mehr sehnte er das Ende dieser Aktion herbei. Der Frost knackte, aber ihm war heiß trotz der Kälte.

So. Fertig. Acht Autos.

Erschrocken blieb er plötzlich stehen. Der Wagen, den er zuletzt so behandelt hatte, sah nicht nur bekannt aus, sondern war es auch: der dunkle Fiat seiner Mutter!

Eindeutig - das war ihr Nummernschild. Warum musste sie denn ausgerechnet heute ihr Auto hier hinstellen und nicht an den gewohnten Platz!?

Na, egal, es war nichts mehr zu ändern. Gerade sie mit zu erwischen - das wollte er überhaupt nicht.

Doch passiert war eben passiert, da konnte er nichts mehr machen! Außerdem - er hatte ja nichts kaputt gemacht!

***

Von der Straße hörte man Geräusche. Um jedes Auto herum eilten die Eigentümer mit ihren Eiskratzern. Es war schwer, die Autos vom Eis zu befreien bei einer Temperatur von rund minus zehn Grad. Die meisten hatten den Motor gestartet, um die Scheibenheizung arbeiten zu lassen. Immer wieder hörte man Flüche.

»Idiot! Wenn ich den erwische!«

Ja, wer jetzt diesen Leuten verdächtig vorkam und ihnen in die Hände fiel, der hatte nichts zu lachen!

Aber die lachten, die waren hinter den Gardinen und ließen sich tunlichst nicht sehen.

Mit der Zeit entfernte sich einer nach dem anderen, um mit dem endlich befreiten Auto auf Arbeit zu fahren.

Übrig blieben ein blauer Fiat und ein roter Ford. Die eine Frau rannte verzweifelt um ihr Auto. »Ausgerechnet heute passiert so etwas! Aber nun komme ich sowieso zu spät zum Vorstellungsgespräch. Da hat es eigentlich gar keinen Sinn mehr, dass ich überhaupt noch losfahre! Scheibenhonig! Idioten, verdammte! Die Folie haben sie einfach abgerissen!«

Fabian, der wie jeden Morgen gemeinsam mit den Eltern aufgestanden war, hielt es nicht mehr hinter der Gardine. Er eilte auf die Straße und half seiner Mutter am Auto. Sagen konnte er nichts, er fühlte sich nur mies.

Nein: obermies.

Den Dank seiner Mutter hörte er gar nicht mehr, als er ins Haus zurück flitzte, während sie losfuhr.

***

»Mann, das hast du gut gemacht! Und da war eine dabei, der habe ich das voll gegönnt!! Nebenbei bemerkt - das war doch deine Mutter? Als ich Lehrling war im selben Betrieb, wo sie auch ist, wollte die mir ständig erzählen, was Ordnung ist, und hat mir Zusatzaufgaben aufgebrummt, wenn ich es nicht so hingebracht habe, wie sie es wollte! Endlich hat es geklappt mit einer Revanche! Die war überhaupt nicht auf ihrem hohen Ross wie sonst! Da hast du mir eine besondere Freude gemacht. - Und dass du ihr noch geholfen hast - clever, clever!! Dadurch bist du wenigstens nicht verdächtig! Also - willkommen im Club!«

Fabian brummte etwas Unverständliches und dachte für sich: ›Endlich ist es vorbei!‹

Schnell kehrte er wieder nach Hause zurück, weil er überhaupt nichts mehr hören wollte von seiner ›Ruhmestat‹.

***

Am Abendbrottisch ging es selbstverständlich um den vergangenen Morgen.

»Habt ihr das mitbekommen? Sämtliche Autos vom Haus drüben waren vereist. Irgend so einer, der nichts Besseres zu tun hatte, hat Wasser darüber gegossen. Was das heißt bei der Kälte, könnt ihr euch ja denken«, erzählte der Vater aufgeregt.

»Stell dir vor, meins war auch dabei!«, brummte die Mutter. »Aber mit Fabians Hilfe hat es schließlich nicht ganz so lange gedauert, das Auto wieder flott zu machen. Doch eine halbe Stunde ist es bestimmt trotzdem geworden. So kam ich natürlich zu spät zur Arbeit.«

»War da nicht gerade das Vorstellungsgespräch beim neuen Chef angesetzt? Du hattest doch solche Angst vorher, weil der so pingelig sein soll. Was war denn nun los?«

Alle Blicken waren nun auf sie gerichtet.

»Ja - wenn man bedenkt, dass ich gleich wieder hätte abtreten können, und nur wegen einer solchen Dummheit! Aber wie das Leben so spielt! Ich weiß nämlich dadurch jetzt, wo er wohnt, mein neuer Chef: nämlich auch hier - dort gegenüber. Er hat sich dreimal bei mir entschuldigt, dass er zu spät kam. Warum wohl?? Weil er sein Auto frei kratzen musste heute früh. So kamen wir natürlich gleich viel besser ins Gespräch.«

»Da musst du dich ja fast noch bedanken. Leider weißt du nicht, bei wem!«

Übrigens:

Ich mag es schwarz. Nein, weniger bei der Kleidung - aber beim Humor. Und so war der Ansatzpunkt der letzten Geschichte ein Spruch aus einem Buch über schwarzen Humor: »Dein Nachbar kratzt morgens länger an seinem Auto, wenn du es am Abend vorher mit Wasser übergießt.«

Zur Erziehung

Es gibt keinen Grund, meinen Beruf zu verleugnen. Ich bin Lehrerin.

So ist es verständlich, dass mich Fragen der Erziehung besonders beschäftigen.

Erziehung stellt ein weites Feld dar, denn jeder hat seine eigene spezielle Auffassung dazu.

Von der Schule zum Beispiel haben alle Ahnung.

Wieso?

Ganz einfach: Schließlich ist jeder mal in die Schule gegangen. - Wie wahr ...

***

Ich werde mir bei den folgenden Beispielen keine fertige Meinung anmaßen. Sondern ich stelle die oft alltäglichen Situationen dar, ohne dass sich am Ende unbedingt eine Lösung ergibt.

Man darf jedoch gern weiter denken ...

Das missglückte Mittagessen oder: Antiautoritär ist gut

»Die Grenze der Autorität liegt dort, wo die freiwillige Zustimmung aufhört.«

(Unbekannt)

Das Konzert war zu Ende, und die Musiker packten ihre Instrumente ein. Die Menschen strömten auseinander. Sabine und Martin schlenderten mit ihren beiden Kindern gemeinsam zur bekannten Freiluftgaststätte, um dort gepflegt zu Mittag zu essen.

Sie suchten sich einen Tisch in der Nähe des Brunnens, der sich dekorativ in der Mitte der Gaststätte befand. Von hier aus konnte man gut beobachten, wie die satten und zufriedenen Gäste, die bezahlt hatten, aufstanden und weiter schlenderten, oder wenn sich neue Gäste niedersetzten. Wie immer in solchen Fällen gönnten sich Sabine und Martin die Muße, die Leute ringsum zu beobachten, denn das fanden sie schrecklich unterhaltsam.

Bald erschien die Bedienung, nahm die Bestellung auf, und nach nicht einmal fünf Minuten hatte jeder etwas zu trinken vor sich stehen - Martin sein Hefeweizen, Sabine ein Viertel Rotwein und die beiden

Kinder ihre Cola. Wenig später folgte das Mittagessen.

Doch ganz so ungestört konnten sie diesmal ihre Mahlzeit nicht genießen. Am Nachbartisch hatte sich ebenfalls eine junge Familie niedergelassen. Die Eltern unterhielten sich intensiv über das gestrige Fernsehprogramm und schienen ihre Umgebung vergessen zu haben. Der zehnjährige Sohn hatte indes den Brunnen als Spielobjekt für sich entdeckt. Die dortigen Wasserspiele fand er äußerst anziehend und testete sie in jeder Hinsicht. Den Wasserstrahl aus dem einen Hahn lenkte er in alle möglichen Richtungen, sodass die Umgebung des Brunnens mit der Zeit ziemlich nass aussah. Bei dem heutigen sonnigen und warmen Wetter war aber absehbar, dass das Wasser bald verdunstet sein würde.

Es blieb nicht aus, dass der Wasserstrahl bis an den einen oder anderen Tisch heranspritzte und manche Leute plötzlich zusammenzuckten, weil der Fuß oder das Hosenbein oder die Hand plötzlich nass waren. Das gefiel dem Jungen gut.

Sabine und Martin beobachteten, dass sich die Mienen so getroffener Leute verfinsterten. Man spürte förmlich, dass die Luft mit der Zeit knisterte. Jedoch keiner ging hin und sagte etwas zu dem Jungen, und dessen Eltern schienen das alles sowieso nicht zu bemerken.

Weit entfernt von diesem Geschehen saßen Sabine und Martin nicht, und so landete ein Wasserstrahl ebenfalls auf ihrer Tischdecke, und der fünfte Stuhl an ihrem Tisch wurde pitschnass.

»Mann, bin ich froh, dass ich mich vorhin nicht dort drüben hin gesetzt habe«, meinte Sabines zwölfjähriger Sohn Norman. Und Martin sagte verärgert: »Was soll denn das! Gibt´s da gar keine Eltern?! - Aber solange ich hier noch in Ruhe und Frieden zu Ende essen darf, will ich mal nichts sagen, da soll mir das egal sein!«

Einige Minuten später traf der Wasserstrahl eine der drei älteren Damen, die zwei Tische weiter beim Kaffeekränzchen saßen, und zwar voll im Rücken. Man konnte dort einen großen Wasserfleck erkennen. Die Frau sprang auf und versuchte, das viele Wasser abzuschütteln. Doch das Wasser lief breit, und Rock wie Bluse waren vollkommen durchnässt. Sie wühlte in ihrer Handtasche, bis sie endlich ein kleines Handtuch hervorzog. ihre Freundin nahm es und versuchte, die Nässe abzuwischen.

»Komm, Hermine, geh aufs WC und versuch dich etwas trocken zu bekommen, sonst erkältest du dich vielleicht noch!« Hermine folgte diesem Rat und eilte fort in Richtung Toilette.

Die beiden anderen schauten verärgert auf den Jungen. Eine der beiden Frauen begab sich jetzt schnurstracks zum Tisch der Eltern des Jungen.

»Wissen Sie: Sie sollten etwas besser auf Ihren Jungen aufpassen, was der so macht. Schließlich sind noch andere Personen hier, und etwas Rücksicht wäre angebracht. Eines sollten Sie vielleicht auch wissen: In unserem Alter steckt man kaltes Wasser nicht mehr so weg wie junge Leute. Mit einer Erkältung ist selbst im Sommer nicht zu spaßen! - Oder was meinen Sie dazu!?«

Der Junge hatte sich inzwischen hinter den Brunnen zurückgezogen und war nicht mehr zu entdecken.

Seine Mutter unterbrach ihr Gespräch, drehte sich auf ihrem Stuhl etwas herum und schaute die empörte Frau von oben bis unten an.

»Was Sie nur haben; Wasser macht keine Flecken, und außerdem ist es heute schön sonnig und warm. - Übrigens, Sie müssen wissen: ich erziehe mein Kind antiautoritär und ohne Zwänge. Die Kinder müssen sich ausprobieren können. Oder soll ich ihn etwa immer gängeln?« Damit war der Fall für sie erledigt.

Ihr Gegenüber schüttelte empört den Kopf und begab sich zurück an ihrem Tisch. Währendessen hörte man sie murmeln: »Das kann doch wohl nicht wahr sein! Schließlich haben wir ja früher auch Kinder aufgezogen, aber so was herausnehmen - nein, so unverschämt waren wir nicht. Ja ja, anscheinend haben wir alles vollkommen falsch gemacht. Aber wir wollen uns ja nicht streiten.« Sie eilte zu ihrer Freundin an den Tisch, und die beiden tranken eiligst den Kaffee aus, aßen auf, bezahlten und verließen gemeinsam mit ihrer durchnässten Kameradin, die inzwischen von der Toilette zurückgekehrt war, die Gaststätte.

Als der Junge entdeckte, dass sich die drei Frauen entfernten, kam er hinter dem Brunnen wieder hervor und beschäftigte sich erneut mit dem Wasserstrahl.

Seine Eltern vertieften sich wieder in ihr Gespräch. Alles war wieder in Ordnung ...

Kurz bevor Martin aufgegessen hatte, spritzte das Wasser plötzlich direkt auf seinen Teller, sodass er zurückzuckte und mit einem Fluch den kleinen Rest seines Rostbrätels beiseite schob. Er knurrte: »Das war´s für mein Mittagessen! Jetzt reicht mir´s aber!«

Es dauerte nicht lange, und die nächste Ladung Wasser landete auf Sabines Teller, die daraufhin erschrocken aufsprang.

Der Rest des Wasserstrahls fand seinen Weg in Martins Bierglas. Martin hatte sein Hefeweizen zur Hälfte ausgetrunken, doch nach derart verdünntem Bier stand ihm nicht der Sinn.

Sabine schaute ihren Mann an und beobachtete, dass er das Bierglas nachdenklich in der Hand wiegte. Er strahlte eine unheimliche Ruhe aus.

Unvermittelt stand er auf, ging mit dem Glas in der Hand zum Tisch der beiden Eltern und blickte von einem zum anderen, und das so lange, bis ihn beide verwirrt anschauten, weil sie nicht recht wussten, was er denn von ihnen wollte.

Langsam hob er sein Bierglas über den Kopf der Mutter des Jungen und neigte es Stück um Stück, bis sich der Rest seines verdünnten Getränks allmählich über den Kopf der Mutter ergoss.

Keiner sagte etwas, alle waren wie erstarrt: die begossene Mutter, ihr Mann, und die Leute ringsum beobachteten ebenfalls wie hypnotisiert die Szene. Es war still geworden.

Das leere Glas stellte Martin auf dem Tisch ab, wandte sich um und schickte sich an, an seinen Tisch zurückzukehren.

Da schien ihm noch etwas einzufallen, und er kehrte sich noch einmal zu der triefenden Frau zurück:

»Ach übrigens: Ich bin früher antiautoritär erzogen worden. Deswegen konnte ich mir nicht tatenlos mein Mittagessen versauen lassen! - Entschuldigen Sie bitte!«

Darf ich wieder kommen?

»Jedes Ding hat zwei Seiten..«

(Ovid)

Die beiden Jungen spielten einträchtig zusammen. Einer schob eben das rote Spielzeugauto auf der aus Sand gebauten Bahn nach oben, stellte es am Start - und los!

Es rollte hinunter - manchmal schnell, manchmal stockend im feuchten Sand.

Plötzlich - halt! Nun war es richtig stecken geblieben!

Schon schnellte einer der beiden Jungen hin und gab dem Wagen einen Schubs. Beide jubelten, als das Auto unten am Ziel ankam. - Und schon war das gelbe Auto bergab unterwegs.

Einer der beiden kam jetzt auf die Idee, einen Wassergraben auf der Bahn unterzubringen. Also gab es bald ein Plastgefäß mit Wasser auf der Bahn.

Beide Jungen verfolgten, ob die herab fahrenden Autos den Sprung übers Wasser schaffen würden. Manche ja, doch einige gingen im Wasser unter. Die Jungen holten sie schnell wieder heraus und probierten erneut.

***

Pauls Eltern am Fenster nebenan konnten sich gar nicht satt sehen.

»Dass unser Paul sich so gut mit Daniel versteht, ist mir neu!«, sagte Julia, und Silvio stimmte seiner Frau zu: »Das gab es ja auch bisher noch nicht, dass sie zusammen gespielt haben!«

»Aber wart mal ab: Die Sandbahn mitten auf der betonierten Einfahrt ... Ob das gut geht??«

Als hätten sie es geahnt: Plötzlich erschien in der Haustür Daniels Mutter und blieb ruckartig stehen, um das Geschehen zu beobachten. Dieser feuchte Sandhaufen und die kreuz und quer herumliegenden Spielzeugautos auf der Betoneinfahrt schienen ihr wenig zu gefallen. Die beiden neunjährigen Jungen wuselten herum, ganz vertieft in ihr Spiel, und ließen sich nicht stören.

Die Tür wurde wieder geschlossen.

Immer wieder hörte man die beiden glücklichen Kinder mit ihren Begeisterungsrufen.

»Schön! So könnte es doch schon immer sein!«

Mit diesen Worten kehrten Julia und Silvio zurück zu ihren eigentlichen Tätigkeiten.

***

Als Silvio eine Viertelstunde später aus dem Fenster schaute, weil er keine Kinderstimmen mehr vernahm, wurde er stutzig. Dann entdeckte er die beiden Nachbarn, die eben mit dem Besen die letzten Sandspuren beseitigten, und daneben einen traurigen Daniel mit hängenden Schultern.

›Wo ist unser Paul hin?‹ fragte sich Silvio.

Er konnte ihn einfach nicht entdecken. Deswegen wollte er es wissen. Lange brauchte er nicht zu suchen. Als er an der geöffneten Schlafzimmertür vorbeieilen wollte, entdeckte er:

Seine Frau saß auf einem Stuhl, und in ihrem Arm schluchzte Paul, den sie versuchte zu trösten.

»Was ist denn hier los?«

»Die haben Paul weggeschickt und gesagt, die beiden sollen ihren Dreckhaufen woanders hinbauen. Und außerdem würden die Autos verrosten durch das Wasser.«

Aus Pauls Ecke ertönte wieder ein Schluchzer.

»Ist ja gut, Großer!«, beruhigte ihn Silvio.

In Julias Richtung knurrte er: »Diese Sauberleute! Natur ist doch kein Dreck!«

Julia winkte ab: »Du weißt doch, dass wir da eine andere Meinung haben als die lieben Nachbarn! Lass sie doch!«

Plötzlich klingelte es.

»Wer ist denn das jetzt?«

Alle drei horchten gespannt. Wieder klingelte es.

»Egal, wer! Ich mache jetzt auf!« Silvio schritt entschlossen zum Eingang.

Julia und Paul lauschten. Die beiden vernahmen nur leises Gemurmel.

Schließlich näherten sich vorsichtige Schritte, und in der Tür stand Silvio, der Pauls Spielkamerad vor sich her schob.

»Na, komm doch mal rein zu uns, Daniel! Du musst keine Angst haben!«

Zögernd gehorchte der Junge und setzte sich neben Paul.

»Ich konnte es nicht mehr aushalten und bin ausgerissen. Wenn die wissen, dass ich bei euch bin ...«

Silvio hob den Zeigefinger.

»Moment ... Passt mal auf, ihr beiden. Ich glaube, ich hab da was für euch. Wir gehen jetzt gemeinsam in unseren Garten. Dort könnt ihr vorsichtig in Richtung unseres Meisenkasten spähen. Die füttern nämlich gerade ihre Jungen! - Paul, du weißt, wo ich meine!«

»Ja! Ich gucke sowieso jeden Tag dort nach!«

Paul führte Daniel nach draußen, und Silvio folgte den beiden. Julia sah, wie Paul und Daniel jeden Meisenanflug beobachteten und sich über das Piepsen der Jungen freuten. Am liebsten hätten sie den Kasten auseinander genommen, um hinein zu schauen.

Julia machte im Geiste wieder einmal eine Momentaufnahme: einerseits Nachbars Garten und andererseits vom eigenen.

Drüben musste sie immer nach einem grünen Bereich suchen. Ihr Mann äußerte oft: »Müssen die denn alles zubetonieren?«

Da noch Steine hin; noch eine Tonne Frostschutz anfahren lassen; wieder einen Baum entfernen wegen der vielen Blätter im Herbst ...

Silvio und Julia wussten immer mehr ihre grüne Oase zu schätzen. Müßig, darüber weiter nachzudenken.

***

Nach einer halben Stunde beobachtete Silvio, wie Daniel und Paul gemeinsam aus dem Garten zurückkehrten. Das geschah sehr zögerlich, denn offenbar wollten sie gar nicht zurück kommen. Die Kleidung der beiden verriet, dass sie überall herumgekrochen sein mussten.

Er wandte sich an die beiden Jungen: »So, für heute habt ihr genug beobachtet! Jetzt klopfen wir noch schnell die Sachen ab. - Und du, Daniel: Geh nun bitte ganz schnell rüber zu deinen Eltern! Die suchen dich sicher schon!«

Daniel gehorchte und steuerte auf sein Zuhause zu.

Bevor er an seiner Mutter vorbei hineinging, die schon wartend bereit stand, rief er zurück:

»Darf ich morgen wieder kommen?«

Das alternative Fernsehprogramm

»Die Eltern sind verpflichtet,
die Seele der Kinder zu prägen.«

(Konfuzius)

Bumm! - Das trockene Geräusch sagte ihr, dass der Ball wieder in ihrem Garten gelandet war, irgendwo in dem Beet, dass sie vor einer halben Stunde frisch geharkt hatte. Das mit den schönen grünen Salatpflanzen.

Sie wollte es sich gar nicht ausdenken, wie der Salatpflanze zumute sein musste, die diesmal bestimmt getroffen worden war. Ebenso hatte sie überhaupt keine Lust, aus ihrem Liegestuhl aufzustehen, in dem sie sich seit einer Viertelstunde in der angenehmen Frühlingssonne aalte.

Denn was wäre dann?

Sie würde mit dem neunjährigen Nachbarssohn zusammentreffen, der sich sicher eben auf den Weg machte, um aus dem Grundstück nebenan in ihren Garten herüber zu trampeln, um seinen Ball wieder zu holen. Und er würde ganz bestimmt keine Rücksicht darauf nehmen, wo er entlang lief, wie immer eben. Diese Rücksichtslosigkeit!

Und - sie hatte richtig vermutet! Denn sie vernahm hastige Kinderschritte, die sich näherten. Dann rannte jemand mit dem Ball schnell wieder zurück.

›Das nächste Mal habe ich Courage und werde ihn zur Rede stellen!‹, nahm sie sich vor. Er solle gefälligst anständig fragen, ob er seinen Ball hier suchen dürfe. Man kann ja verlangen, wenn einer auf ein fremdes Grundstück geht, dass er sich vorsichtig bewegt und aufpasst, dass er nichts kaputt macht - zum Beispiel die neuen Salatpflanzen.

Jetzt gingen ihr wieder die Gedanken durch den Kopf, die sie sich manchmal so machte: Wie würde das in ein paar Jahren aussehen, wenn er dann in die Pubertät käme? Was wuchs da heran?

Und überhaupt: Wer hatte eigentlich wen im Griff, die Eltern ihn oder umgekehrt? Das konnte man manchmal gar nicht eindeutig sagen, wenn man die Familie so beobachtete. Die sollten nur aufpassen, dass es in den nächsten Jahren nicht zur Kommandoübernahme durch das liebe Söhnchen käme!

Sie erwartete allmählich wieder ein ›Bumm!‹. Aber es folgte keins mehr. Wieso? Sie hätte ja zufrieden sein können. Doch jetzt interessierte es sie, was das Kind so tat. Also schlich sie gebückt zur Hecke und lugte vorsichtig hindurch.

Ach, dort drüben befand er sich! Er war gerade dabei, sein Fahrrad, welches er vorigen Monat zum Geburtstag bekommen hatte, in Richtung Straße zu schieben. Der Ball lag unbeachtet mitten auf der Wiese.

In der Haustür stand unterdessen Mama und rief in belehrendem Ton: »Oliver, wir hatten doch vorhin ausgemacht, dass wir das Würfelspiel zusammen spielen wollten. Ich warte schon die ganze Zeit auf dich. Kommt doch endlich mal her!«

Doch Klein-Oliver hatte keine Lust dazu. Er war mit seinem Fahrrad schon fast an der Straße angelangt und rief schnell zurück: »Jaja, Mutti, gleich! Ich möchte nur noch ein bisschen Fahrrad fahren!« Und schon saß er im Sattel und fuhr davon.

Die wenig befahrene Straße, die rund um das kleine Wohngebiet von Einfamilienhäusern führte, war wenige hundert Meter lang. Also konnte sie sich ausrechnen, dass er bald am anderen Ende wieder auftauchen würde. So geschah es auch.

Als Mama ihn kommen sah, ertönte erneut ihre belehrende Stimme: »Hallo Oliver! Ich warte schon lange auf dich! Komm jetzt endlich her - bit-te!« - Klein-Oliver blieb stehen und ließ das Fahrrad ins Gras fallen.

»Ich habe aber jetzt keine Lust auf Würfelspiele!« - »Bit-te, Oliver, das ist aber jetzt überhaupt nicht schön. Wo ich mir extra Zeit für dich genommen habe!«

Jedoch: Das Kind vernahm diese Worte schon nicht mehr, denn es hatte die graue Katze entdeckt, die den Leuten im übernächsten Haus gehörte, und mit der wollte er nun spielen. Das dauerte aber wiederum nicht lange, weil die Katze nicht so wollte wie Klein-Oliver. Sie floh in die Büsche und verzog sich an einen ruhigeren Ort.

Schimpfend kehrte der Junge zurück, schnappte sich den Ball, der auf der Wiese herumlag und versuchte, ihn in den Basketballkorb zu werfen, den sein Vater an die Hauswand montiert hatte. In seiner jetzigen Stimmung und seiner dauernden Ungeduld war er jedoch nicht in der Lage, einen Treffer in den Korb zu erzielen. Als seine Geduld erschöpft war, holte er einen Hocker, stellte ihn unter den Korb, nahm den Ball in die Hände und beförderte ihn so in den Korb.

»Ätsch - getroffen!«

Zufrieden wiederholte er seinen Erfolg mehrmals. Dann entfernte er sich. Hocker und Ball blieben zurück.

Mama kam nun auf eine neue Idee. »Weißt du was? Wir haben doch neulich das kleine Zelt gekauft. Bei diesem schönen Frühlingswetter könnten wir doch das Zelt im Garten aufstellen und heute nicht in unserem Bett, sondern im Zelt schlafen - wir alle drei zusammen! Was hältst du denn davon?«

»Au fein! Baut ihr das Zelt schon mal auf?«, jubelte Oliver.

In der nächsten halben Stunde konnte man beide Elternteile beobachten: wie sie das graugrüne Zelt herausholten, dafür einen geeigneten Platz suchten und es ausbreiteten. Nach einigen Hindernissen und Missverständnissen war es dann so weit, und das Zelt stand. Anschließend verschwanden beide Eltern mit Luftmatratzen und Schlafsäcken im Zelt, wo sie nun damit beschäftigt waren, das Bett für heute Abend zu bereiten.

Das bekam die Lauscherin hinter der Hecke natürlich alles mit. Als sie erkannte, was das werden würde, rannte sie zu ihrem Mann, der eben dabei war, das gemeinsame Auto zu putzen. Er befand sich im Inneren des Fahrzeuges. Als sie ihn rief, erschien sein Kopf im offenen Schiebedach des Wagens. Zunehmend gespannt hörte er ihrem ziemlich anschaulichen Bericht zu und antwortete dann: »Eigentlich wollte ich mich heute Abend nicht hinaus setzen, aber wenn du das so erzählst: Das klingt nach einer sehr schönen Alternative zum abendlichen Fernsehen. Ich bin dabei!«

***

Gesagt, getan: nach dem Abendbrot werkelten beide noch ein bisschen im Garten und begaben sich dann auf ihre Terrasse, wo sie sonst auch manchmal grillten.

Heute jedoch saßen sie nur gespannt auf ihren Stühlen und lauschten in Richtung Nachbargrundstück. Als es raschelte, schlichen sie zur Hecke und spähten hindurch. Die Familie, Papa, Mama und Klein-Oliver kroch soeben ins Zelt. Der Reißverschluss ratzte, und man hörte, wie sich die drei in ihre Schlafsäcke rollten. Einen Moment herrschte Ruhe, dann konnte man beobachten, wie der Lichtkegel einer Taschenlampe im Zelt umherirrte. Es folgte die ungeduldige Stimme des Vaters: »Oliver, Taschenlampe aus! Ich will jetzt schlafen!«

Das Kind murrte: »„Aber das sieht doch so schön aus!«

Knacks - und das Licht erlosch.

Ruhe. Jedoch nicht lange.

»Mama, ich muss mal!«

„Oliver, bit-te! Hättest du das nicht eher merken können! Jetzt müssen wir doch erst aufstehen und ins Haus gehen aufs Klo.«

Doch es half nichts. Was sein musste, musste sein. Der Reißverschluss wurde aufgezogen, Mama und Söhnchen stiegen durch die Öffnung, steckten die Schuhe an die Füße und gingen ins Haus, um nach rund fünf Minuten wieder zu kommen. Beide krochen zurück ins Zelt, die Mutter zog den Reißverschluss herunter.

Erneut erschien der Taschenlampenkegel, und eine Männerstimme schimpfte: »Jetzt mach aber das Ding endlich aus!« - »Oliver, bit-te, Licht aus,! Sofort!!« Kurzes Rumoren - es wurde finster - dann herrschte Ruhe.

Die beiden Lauscher wollten sich schon in ihr Haus zurückziehen, da hielten sie plötzlich inne.

Zuerst hörte man ein »Piep!«. und noch einmal »Piep!« Anschließend schien da drüben im Zelt jemand ziemlich zu erschrecken.

»Hilfe, was ist das denn?!« Das war die Stimme von Klein-Oliver. Papa versuchte ihn zu beruhigen: »Ganz einfach, das war bestimmt nur eine Maus.«

»Ihhhh! Mäuse! Kommen die etwa hier rein?«

»Nö, das Zelt ist zu, hier kann keiner rein! Gib endlich Ruhe!«

»Kann ich mit zu dir in den Schlafsack, Papa? Ich habe Angst!« - »Bleib liegen, Junge, wir sind noch da. Und hier rein kommt die Maus nicht - ich sag dir´s noch einmal!«

In den nächsten Minuten hörte man, wie sich immer wieder jemand herumwälzte. Es wollte einfach keine Ruhe mehr einkehren.

Dann hörte man Mamas Stimme: »Jetzt sei doch endlich mal leise! Bit-te, Oliver! - Wir hatten doch ausgemacht, dass wir heute mal hier draußen schlafen wollten. Das wolltest du doch auch. Mach endlich die Augen zu und schlaf, bit-te!«

Aber es war vorbei mit der Nachtruhe.

Schließlich öffnete sich der Reißverschluss, und heraus kam Klein-Oliver. »Hier draußen ist es nicht schön. Ich gehe jetzt in mein richtiges Bett, weil ich keine Lust mehr zum Zelten habe! Zelten macht mir überhaupt keinen Spaß!« Mit diesen Worten steuerte er zur Tür und verschwand im Haus. Man hörte Schritte auf der Treppe, die sich entfernten.

Jetzt verließ Mama ebenfalls das Zelt.

»Rüdiger, bit-te, komm, da gehen wir eben auch ins Bett. Der Gedanke an die Maus - ihhhh, da habe ich auch keine Ruhe mehr. Das Zelt können wir morgen abbauen. Das hat ja keinen Sinn mehr jetzt! Komm mit!«

Jedoch Rüdiger hatte keine Lust mitzukommen. »Wenn ihr auf einmal alle nicht mehr wollt, dann schlafe ich eben allein hier im Zelt! Gute Nacht! Mach das Zelt zu!«

Mama gehorchte und verschwand im Haus, und nach nicht einmal fünf Minuten hörte man gleichmäßige Schnarchgeräusche aus dem Zelt.

Jetzt reicht's aber!

»Wozu der Mensch Lust hat,
dazu hat er auch Andacht.«

(Deutsches Sprichwort)

Paula, Cordula und Martin machten sich bereit, um aufs Familienfest im benachbarten Bdorf zu gehen. Dort gab es bestimmt wieder viel anzusehen und zu bestaunen - so wie jedes Jahr.

Nach einer Stunde Wanderung durch Wald und Wiesen erreichten sie den Ort.

Der vierjährigen Paula hatte es natürlich das Karussell angetan: einmal fahren - zweimal - dreimal ...

Nun aber weiter, befanden die Eltern.

Am Eisstand kamen sie nicht vorbei. Und während sie die Kugeln genossen, ergab sich die Muße, manches genauer zu betrachten: die schön gestalteten Korbwaren, die Schminkecke, ein Bastelstand für die Kinder ... Moment - das wäre doch was!

Hier konnten die Kinder mit der Schere verschiedene Tiere ausschneiden.

»Möchtest du?«, fragte Cordula.

Natürlich, Paula wollte.

Und so ließen sie ihre Tochter am Bastelstand zurück, die sich nun fleißig ans Werk machte unter Anleitung der beiden freundlichen Bastelfrauen. Inzwischen schlenderten die beiden jungen Eltern Hand in Hand durchs Gedränge und inspizierten weiter. Nach einer halben Stunde kehrten sie zurück und entdeckten, dass ihre Tochter es geschafft hatte, fünf Tiere auszuschneiden und diese bunt anzumalen mittels der bereitliegenden Buntstifte.

Löwe, Schäfchen, Hase, Robbe und Hund - die Scherenschnitte sahen gut aus. So oft hatte Paula mit der Schere noch nicht gearbeitet, deswegen freuten sich alle über das Ergebnis.

Anschließend kehrten die drei zufrieden nach Hause zurück; Paula war richtig stolz.

***

Am nächsten Morgen begann wieder der Alltag: Aufstehen - anziehen - Paula zunächst in den Kindergarten bringen - sich danach auf Arbeit begeben.

Am Nachmittag holte Cordula ihre Tochter ab. Wie ihr die Vierjährige entgegenkam, das sah nicht besonders begeistert aus.

»Mutti, es war eine Frau da, die hat uns beim Spielen beobachtet. Hinterher hat sie sich auch mit mir unterhalten.«

Cordula schaute die Kindergärtnerin fragend an. Wer hatte und wieso?

»Ja, das stimmt«, bestätigte die Kindergärtnerin. »Die Ergotherapeutin hat sich alle Kinder angesehen. Für Paula gab sie mir auch einen Zettel für die Ärztin mit. Sie empfiehlt Ihnen, Paula dort vorzustellen, um sie noch einmal näher zu untersuchen. - Warum das? Wir haben nämlich heute mit der Schere gebastelt. Alle Kinder sollten Wolken ausschneiden. Dabei haben wir bei ihrer Tochter einige Defizite festgestellt.

Was sie da produziert hat, sieht nicht altersgerecht aus.«

»Darf ich mal sehen, was sie gemacht hat?«, fragte Cordula verwundert.

»Dass ist noch nicht ganz fertig. Wir sammeln alles, und am Ende geben wir Ihnen dann den vollständigen Hefter mit. Momentan weiß ich auch gar nicht, wo ich genau nachschauen soll. Ich will jetzt nicht alles durchwühlen.«

Etwas unzufrieden begaben sich Mutter und Tochter nach Hause.

»Ich verstehe das gar nicht. Du hast das gestern so schön gemacht!«

Paula nickte. »Am Sonntag hat mir das so viel Spaß gemacht!«

***

Am nächsten Tag fragte Cordula noch einmal nach wegen des Bastelergebnisses, bekam jedoch wieder keine näheren Auskünfte. Sie konnte sich das alles nicht erklären und wurde allmählich ärgerlich. Am Abendbrottisch unterhielt sie sich mit Martin darüber.

Der meinte: »Zeig Ihnen mal, was sie am Sonntag ausgeschnitten hat! Das sah doch richtig gut aus.«

Gesagt - getan.

Die Kindergärtnerin betrachtete das Werk mit einem flüchtigen Blick und bemerkte: »Schön, schön« und dann: »Sehen Sie: Es ist noch eigenartig. Die anderen Kinder haben alle etwas Schönes zustande gebracht.

Da sticht das Ergebnis ihrer Tochter richtig negativ heraus. - Lassen Sie das bitte ärztlich untersuchen!«

***

Am Abendbrottisch musste Cordula dieses Ergebnis loswerden, darauf meinte ihr Mann: »Das kann doch wohl nicht wahr sein! Nimm morgen wieder etwas Gebasteltes mit und zeig das der Kindergärtnerin!«

Die Tochter bekam daraufhin eine Schere in die Hand, dazu ein Stück Papier.

»Jetzt zeigt noch mal, wie schön du wirklich ausschneiden kannst! Außerdem malen wir es wieder schön bunt aus! Wir nehmen das dann morgen mit und zeigen es Frau Müller.«

***

Und so kam Paula am nächsten Tag stolz in den Kindergarten geschritten, in der Hand eine bunte, selbst ausgeschnittene Papierdecke.

Die Kindergärtnerin war überrascht: »Was ist denn das? Wo sollen wir damit hin?«

»Na hierhin - auf den Tisch!«

Schon hatte Paula die Decke dort ausgebreitet. Die anderen Kinder liefen zusammen und staunten und betasteten das Bastelobjekt mit viel »Ah!« und »Oh«.

Ja, da musste die Decke wohl liegen bleiben!

Als Cordula ihr Kind am Nachmittag abholte, entdeckte sie, dass sich die Decke immer noch dort auf dem Tisch befand. - Sehr schön!

Beiläufig fragte Cordula: »Haben die Kinder denn ihren Hefter inzwischen fertig? Ich wollte das Ausgeschnittene endlich einmal sehen und auch mit nach Hause nehmen!«

Nein, immer noch nicht, erhielt sie zur Antwort, das würde noch etwas dauern.

***

Beim Abendbrot fassten beide Eltern den Entschluss, jetzt jeden Tag etwas Gebasteltes mit in den Kindergarten zu nehmen. Und so stürmte Paula jeden Tag in den Kindergarten und überreichte als erstes ihrer Kindergärtnerin ihr neues Werk. Der blieb nichts anderes übrig, als sich immer angemessen zu freuen.

Schaute man ihr allerdings ins Gesicht, dann konnte man auch eine Art Ratlosigkeit entdecken, was Cordula außerordentlich zufrieden stellte.

Außerdem war der Aufenthaltsraum mit der Zeit ausgestattet mit allerlei Papierbasteleien: Jeden Tisch zierte inzwischen ein buntes Paperdeckchen ...

***

Mit ihrer Tochter zum Arzt gehen - das befand Cordula übrigens nicht als nötig. - Und sie wartete lange auf den Hefter mit den ausgeschnittenen Sachen.

Es stellte sich auch Folgendes heraus: Das Mädchen hatte schlicht keine Lust gehabt zum Ausschneiden.

Warum? - Die Schere war stumpf gewesen und wer weiß, was noch los war. Jedenfalls hatte Paula sich mangels Lust keinerlei Mühe gegeben. - So einfach erklären sich verschiedene Dinge!

Träum weiter, Mama!

»Die Kinder kennen weder Vergangenheit
noch Zukunft, und -was uns Erwachsenen kaum
passieren kann - sie genießen die Gegenwart.«

(Jean de la Bruyére)

»Ob der Tiger Junge hat?«

Was - wer - wieso denn???

»Wir müssen heute unbedingt nachgucken! Ihr habt es mir versprochen!«

Das klang schon lauter. ... - Hmmmm ...

Allmählich sammle ich mich. Ich liege in meinem Bett, und vor mir entdecke ich das Gesicht von Nele, unserer dreijährigen Tochter. Sie zieht immer heftiger an meiner Bettdecke.

›Verdammt noch mal, es ist Wochenende‹, denke ich. Montag bis Freitag klingelt um sechs Uhr der gnadenlose Wecker, und der Alltag nimmt seinen Lauf. Ich will meine Ruhe wenigstens am Wochenende!

Samstags und sonntags ist es nämlich so: Da gibt es den lebendigen Wecker, und der hat seine Weckzeit ebenfalls ungefähr sechs Uhr - wie in der Woche auch. Davon kann ich mich leider immer wieder neu überzeugen.

So ist es eben heute auch wieder einmal.

Wie schön waren die Zeiten, als es hieß: schlafen - schlafen - schlafen. Und das meinetwegen bis zum Mittag. Jedenfalls so lange, bis man keine Lust mehr zum Schlafen hatte. Keiner sagte da was. Lang ist´s her!

Eine schöne Erinnerung.

Doch nun ist das eine Fehlanzeige - die Realität präsentiert sich schon lange anders.

Seit ein paar Jahren vermisse ich oft schmerzlich dieses Ausschlafen am Samstag früh nach dem harten Rhythmus der Woche: aufstehen - Kindergarten - Arbeit - im Kindergarten abholen - zu Hause alles Mögliche erledigen. Und am nächsten Tag das alles von vorn.

Andererseits: gerade jetzt gibt es bei Nele mit ihren drei Jahren jeden Tag etwas Neues und Schönes zu entdecken, was ich auf keinen Fall missen möchte.

Außer am Wochenende früh. Da denke ich anders.

»Mami, Papi, los, sonst ist es zu spät! Wir wollen doch in den Zoo!« - Allmählich klingt es sehr dringlich.

Da kann man nichts machen, auch wenn ich eigentlich den kuscheligen Ort unter der schönen warmen Bettdecke nicht verlassen möchte.

Allmählich sortiere ich meine Gedanken.

Ach so: Der Familienrat hatte den Zoobesuch gestern festgelegt. Rundum darf jeder vorm Wochenende einen Vorschlag unterbreiten, was wir machen könnten. Beschließt dann die Familie gemeinsam: Heute machen wir das und das – dann sollte man das auch durchziehen, diese Gemeinsamkeit für uns alle. - Das ist gut so!

Und heute ist eben der Zoo dran.

»Aufstehen, kommt doch endlich!« - Jaaaaaa ...

***

Eine Weile später sitzen endlich alle vier gemeinsam beim Frühstück: Mama, Papa, die erwartungsfrohe Nele - und der zwölfjährige Paul, der es wie immer nach vier hartnäckigen Weckversuchen endlich geschafft hat, widerwillig zur gemeinsamen Mahlzeit zu erscheinen.

Während anschließend Papi und Paul gemeinsam das Auto vorbereiten, bombardiert mich Nele mit ihren vielen Erwartungen und Fragen, während ich den Frühstückstisch abräume.

***

Endlich sind wir unterwegs. Während der halben Stunde Fahrzeit ist Nele präsent mit vielen verschiedenen Fragen. Paul neben ihr auf dem Rücksitz wirkt zunehmend genervt. Trotzdem gelingt es ihm, sein cooles Angesicht zu wahren, auf welches er in letzter Zeit immer mehr Wert legt.

Jetzt späht Nele nach draußen und ruft laut: »Da ist der Zoo! Wir müssen aussteigen!«

Papa am Steuer: »Halt, halt! So einfach geht das nicht! Wir müssen zunächst das Auto irgendwo unterbringen.«

Aber das dauert, denn sie sind nicht die einzigen, die auf den Einfall mit dem Zoo gekommen waren. Der nächstgelegene Parkplatz erweist sich als voll, obwohl sie dort mehrere Runden drehen. Vergeblich - keine Lücke zu finden! - Also weiter.

»Wir sind zu spät, ich habe es gleich gewusst!«, vernimmt man Nele.

Beim nächsten Parkplatz entdeckt Papa eine Parklücke. Er kann allerdings dann nur noch beobachten, wie ein anderer Wagen flink vor ihm hineinschlüpft. »Was ist denn das für eine Frechheit!! Sch ...« Ehe er das Wort aussprechen kann, stoße ich ihn an.

Die Suche geht weiter. Endlich hat das Auto einen Platz, allerdings etwas weiter weg.

»Bei dem schönen Wetter scheinen sich alle überlegt zu haben, heute hierher zu gehen«, knurre ich.

Nele ist unterdessen müde geworden. Ständig fragt sie, wie weit wir denn noch zu laufen haben.

Endlich sind wir am Zooeingang.

Während ich gemeinsam mit Papa eine Viertelstunde damit zubringe, die Eintrittskarten zu erstehen, bekommt Paul die Aufgabe, Nele zu unterhalten.

›Besser als nach Karten anstehen zu müssen‹, lese ich in seinem Gesicht.

Stolz passieren wir endlich den Eingang inmitten der anderen Menschenmassen.

»Wo wollen wir denn nun zuerst hin?«, frage ich Nele, als wir endlich eine ruhige Ecke gefunden haben, denn von ihr stammte ja der Vorschlag mit dem Zoo.

Als Antwort vernehme ich jedoch: »Mami, lass mich in den Kinderwagen! Ich bin müde.«

Ein Glück, dass ich den mitgenommen habe! Wir legen unsere Tochter in den Wagen, wo sie augenblicklich einschläft.

»Was denn jetzt? Wegen ihr sind wir hier, und jetzt pennt sie einfach! Was wollen wir denn noch hier!?« Paul verdreht die Augen.

»Wir haben dreißig Euro Eintritt bezahlt. Da können wir doch jetzt nicht einfach nach Hause fahren!«

***

Der Zoorundgang dauert letzten Endes runde zwei Stunden. Spaß gemacht hat es keinem.

Beim Gelände mit den Schimpansen gibt es mit Nele im Wagen kein Herankommen. Dort, wo offensichtlich etwas los ist, sind viele Leute zusammen gelaufen und drängen sich. »Guck mal, dort sind welche!« - »Ach wie niedlich!« - »Wie der Kleine dort rumkullert!«

»Wir müssen weiter vor!« - Alle Versuche, näher heran zu kommen, erweisen sich als sinnlos, zumal mit dem Sportwagen. Wir sehen nicht viel

***

Bei den Tigern suchen alle außer Paul angestrengt das Gelände mit den Augen ab. »Dort im Gebüsch wackelt´s!« - Nach ein paar Minuten: »Die scheinen sich heute alle nur zu verstecken!«

Nele, unterdessen wieder etwas munterer geworden, ist daraufhin sehr enttäuscht.

***

Ähnlich ergeht es ihnen bei den Giraffen. Sie entdecken sie weit entfernt am Zaun gegenüber - viel zu weit entfernt.

Immer eiliger streben wir nun alle dem Ausgang zu. An der Gaststätte halte ich die anderen auf: »Jochen, stell dich mal an, dass wir irgendwann mal dran kommen und was zu essen haben. Denn zu Hause stelle ich mich nicht noch einmal an den Herd zum Kochen.«

Zum Glück schaltet er gleich, und immerhin nach einer guten Viertelstunde haben wir endlich unser Tablett mit Essen und Trinken durch die Kasse gebracht. »Das kostet aber auch immer mehr!«, stelle ich beim Betrachten des Kassenzettels verärgert fest.

»Da hinten gibt es noch einen freien Tisch«, zeigt Jochen, und wir eilen alle dorthin. Während des Essens höre ich Jochen: »Die Wiener sind ja schon kalt!« - »Das sind keine Pommes, das sind Bindfäden!« Das war Paul. - Und Nele meint nach kurzer Zeit: »Mami, ich habe keinen Hunger mehr!« Glücklicherweise hat Jochen immer Appetit.

Während des Essens stelle ich fest, dass zwischen Paul und dem Mädchen am Nebentisch stumme Signale hin und her gehen.

***

Gesättigt, sonst allerdings jeder auf seine Weise unzufrieden, begeben wir uns zum Auto.

Nele ist mittlerweile wieder richtig wach geworden. »Also ihr habt mir versprochen, dass ich die Affen füttern darf und dass wir das Tigerjunge angucken können. - Das stimmt ja alles gar nicht! Ich hab gar nichts gesehen!« Dazu macht sie ein enttäuschtes Gesicht.

›Wir wollen aber jetzt keine Vorwürfe mehr hören‹, denke ich, sage aber nichts.

»Weil du die ganze Zeit gepennt hast!« Das war Pauls coole Stimme.

Eben schiebt er sich auf die Rückbank. Auf ihn haben wir gewartet, weil er plötzlich verschwunden war.

»Wo warst denn du noch? Weglaufen, ohne was zu sagen, was soll denn das!« schimpft Jochen.

»Wir haben nur schnell unsere Handynummern ausgetauscht. Alles gut!« - Aha ...

***

Die Rückfahrt wird anstrengend. Nicht wegen Paul, der starrt ständig in sein Smartphone, tippt ab und zu, lacht plötzlich, weil er anscheinend eine lustige SMS erhalten hat und so fort. Doch das will keiner wissen.

Doch ständig höre ich Neles enttäuschte Stimme: »Da waren viel zu viele Leute! - Gesehen habe ich gar nichts! - Die Tiere waren alle gar nicht da!«

Endlich taucht das Zuhause auf. Wir steigen aus, und Jochen bringt das Auto in die Garage. An der Haustür steht unterdessen Oma. Sie schaut alle erwartungsfroh an und wendet sich an die Kleine: »Nele, von eurem Zooausflug musst du mir jetzt alles schön berichten! Schade, dass ich selber nicht mitgehen konnte.«

Nele reagiert nicht darauf und stürmt verärgert an allen vorbei ins Haus. Paul, in sein Smartphone starrend, folgt ihr.

»Nele hat momentan keine Lust zum Berichten. Besser wäre es wohl gewesen, du wärst mit ihr in den Zoo gegangen.«

Nach diesen Worten gehe ich schnell in die Tür, denn mir ist zumute wie dem Luftballon kurz vorm Platzen.

Verwundert, weil sie von niemandem eine vernünftige Antwort erhält, folgt Oma uns ins Haus und schüttelt immer wieder ungläubig den Kopf.

Cyber-Mobbing

»Das einzige Echte an manchen Menschen ist ihre Falschheit.«

(Werner Mitsch, dts. Aphoristiker)

Vorweg:

Soziale Netzwerke und Chatrunden sind hochaktuell - oder sehr »in«. Dort herrscht Hochkonjunktur.

»Bist du auch bei Facebook?«, wurde ich einmal gefragt. Auf mein »Nein!« gab es eine freundliche und nichts sagende Entgegnung. Aber mein gezieltes Beobachten lieferte das Erwartete. Die Miene sagte: ›Na klar – die ist zu alt. Das ist nichts mehr für die.‹

Stimmt ja auch: Das ist wirklich nichts für mich. Doch aus einem anderen Grund: Weil ich mich mit Computern zumindest etwas auskenne, ahne ich, wie viel Unerwünschtes und Unschönes, was man eigentlich gar nicht gewollt hat, auf diese Weise im Hintergrund ermöglicht wird. Denn die Aussicht, sich bequem aus dem Wohnzimmer heraus weltweit zu präsentieren und über sich zu berichten oder nett zu unterhalten, wird bei mir überwogen von der Erkenntnis: Hier geben viele freiwillig von sich alles Mögliche preis (und noch mehr)! Keiner muss sie ausspionieren, alles geschieht vollkommen freiwillig ...

Ja, und was es dadurch alles geben könnte oder vielleicht schon gibt, dafür reicht die Phantasie nicht aus.

Das folgende Beispiel ist nur eine winzige erfundene Kleinigkeit ...

Nun folgt wieder die schönste Unterrichtsstunde des Tages – Chemie. Wir haben vier Stunden in der Woche, und dafür lebe ich zur Zeit. Alles andere ist Nebensache. Schon wenn wir das Zimmer betreten, halte ich Ausschau nach ihm. Wäscht er Reagenzgläser aus oder rückt er einen Stuhl zurecht? Wischt er die Tafel noch einmal selbst ab, weil sie ihm nicht sauber genug ist?

Ja, bei ihm muss Ordnung sein. So dürfen wir beispielsweise im Chemiezimmer nicht essen, sondern müssen mit dem Frühstücksbrot vor das Zimmer begeben. Mir imponieren diese festen Normen - wie vieles andere hier. Und jedes Mal freue ich mich auf die Chemiestunden.

Ich sitze in der dritten Bank, neben meiner Freundin Nina. Von dort aus kann man so ziemlich alles gut beobachten. Andererseits ist es auch nicht so gefährlich.

Wie eben in jener Stunde. Da kam er herein, stellte eine etwas größere blecherne Konservenbüchse auf den Tisch und füllte sie mittels des »Kipp«-Apparates mit Wasserstoff. Nun gut, das sollte er halt tun, dachte ich und die anderen wohl auch. Er ging dann lächelnd zur Seite (ach, wie ich dieses Lächeln mag!), lehnte sich auf den Fensterstock und schaute in die Klasse. Und wir schauten zurück, in Erwartung, dass er wieder etwas Spannendes erzählen würde. Doch das würde wohl noch ein Stück dauern. Also warteten wir. Und er irgendwie auch.

Plötzlich ein unbeschreiblich lauter Knall!

Die ersten beiden Reihen waren plötzlich leer, weil die, die dort gesessen hatten, geflüchtet waren. Viele waren aufgesprungen.

Am Fensterstock lehnte immer noch der Lehrer und schaute gelassen schmunzelnd in die Runde. Nun war klar, worauf er gewartet hatte. Und wir würden uns das ziemlich lange merken.

Die Konservendose lag irgendwo auf der ersten Bank. Alle schauten sich verwirrt um.

»Ihr könnt euch wieder hinsetzen! Dass Sauerstoff und Wasserstoff eine gefährliche Mischung ergeben, die angezündet dann Knallgas heißt, habt ihr jetzt gesehen und gehört! Es geht normal weiter mit dem Unterricht!«

Das waren sie - seine Überraschungen. Dafür war er immer gut, und so wurde es nie langweilig.

Aber unbedingt muss Ordnung herrschen, und wehe, wenn nicht!!

So mag ich es. Aber so ein bisschen bedaure ich auch die, die nicht so gut zurecht kommen bei ihm. Denn die kriegen das manchmal zu spüren. Heute sieht es wieder ganz danach aus. Die Wertigkeiten von sechsundzwanzig Elementen mussten wir auswendig lernen, und jetzt naht die Kontrolle.

Er hat den grünen Zeigestock aus Glasfiber in der Hand. Der ist schon nicht mehr ganz heil, weil er damit schon öfter auf den Tisch gehauen hat.

Unnachsichtig zeigt er auf den, der gerade dran ist. Vorsagen geht hier nicht. Das merkt er, und dann wäre echt was los.

»Eisen!?« – »Zwei, drei!«

»Chlor!?« – »Minus eins!«

»Kalzium!?"« - ???

Hier kommt keine Antwort. Also ...

»Du weißt Bescheid: Achtzigmal die sechsundzwanzig Elemente mit ihren Wertigkeiten! Und handschriftlich, nicht mit Computer! du sollst es dir ja endlich einmal einprägen!«

Puhh! Daran geht nichts vorbei. Der Arme! Wieder Dennis!

Die Kontrolle dauert höchstens fünf Minuten (gefühlt viel länger), und noch zwei Mitschüler »dürfen« schreiben, auch die ängstliche Kerstin. Die bringt schon kein Wort mehr heraus, wenn der Zeigestock nur erscheint.

Dann kommt die eigentliche Chemiestunde - die ich wie immer sehr genieße.

Und er gefällt mir immer besser, mit seinen braunen Augen. Ich habe nur noch Sinne für ihn und bin voll in die schöne Chemie versunken. Hier verstehe ich alles und finde alles schön.

Nina wispert irgendwas zu mir rüber, ich glaube, von heute Nachmittag - Eis essen oder???

Doch nicht jetzt! später!

Ich bin anderweitig beschäftigt.

Als die Stunde leider schon wieder vorbei ist, gehe ich langsam ins nächste Zimmer.

Die folgende Chemiestunde ist erst morgen. Bis dahin kann ich nur ständig den Gang entlang wandern und nach ihm Ausschau halten. Manchmal kommt es mir so vor, als ob er mich ebenfalls besonders wahrnimmt. Aber ich traue mich sowieso nicht, etwas von mir zu geben.

Und die anderen ... dürfen davon nichts mitbekommen. Das wäre ja!

»Heute Nachmittag wieder in LOOK-AT-ME unter OLALA«, höre ich. War das nicht Nina? Warum fragt sie mich nicht?

***

LOOK-AT-ME unter OLALA.

Das lässt mir keine Ruhe. Den ganzen Nachmittag habe ich nun Zeit nachzuforschen.

Meine Eltern kommen sowieso erst um vier oder um fünf von der Arbeit.

LOOK-AT-ME unter OLALA.

Um zwei ist es. Ich möchte endlich mal nachschauen, was das ist.

Die Seite öffnet sich. Mein Alias? Na gut: WURM.

Der WURM ist erst einmal allein. Keiner da. Und tschüss.

***

Um drei probiere ich es noch einmal. Und da bin ich nicht mehr allein.

Die »Queen« schreibt: »Hast du sie wieder gesehen: mit diesem verklärten Blick?«

»Grupi«: »Sie hat sich richtig verknallt in den Alten!«

»Kumpel«: »Ich muss das die ganze Stunde beobachten und kann keinen klaren Gedanken fassen. Na ja, da muss ich eben wieder mal die Wertigkeiten aufschreiben. Was tut man nicht so alles für sein Vergnügen!«

»Die Queen«: »Wenn wir Chemie haben, kann ich sie vergessen. Ich habe sie gefragt, ob sie mit Eis essen gehen will heute. - Das hat sie gar nicht mitbekommen. Der Kopf ist immer nur in seiner Richtung. Und das bescheuerte Gegrinse! Ich hab keine Lust mehr. Die braucht mal einen Denkzettel.«

»Kumpel«: »Mit ihr darf keiner mehr reden, bis sie endlich wieder normal ist!«

»Grupi«: »Ich weiß was: Ich sitze hinter ihr. Die soll sich morgen lieber nicht anlehnen!«

»Superman«: »Das könnt ihr doch nicht machen, das ist gemein! – WURM, was meinst du denn? Wer bist du überhaupt?«

Ich zucke zusammen. Richtig, ich bin ja auch hier. Und das soll bestimmt nicht sein! Mir schießt es durch den Kopf: Wer hat denn heute in Chemie gefragt wegen Eis essen? Das kann doch nicht wahr sein!

Mir wird warm und irgendwie komisch. Was soll denn das morgen werden? Darf ich mich überhaupt noch in die Schule trauen??

»WURM«: »Redet doch mal mit ihr und rückt ihr den Kopf zurecht, wenn ihr Freunde seid!«

»Die Queen«: »Freunde - so ein Schmus! Ich will meinen Spaß haben, mit oder ohne sie!«

»Superman«: »Ach so: Macht, was ihr wollt, ohne mich! Ich finde sie übrigens gar nicht so übel. Bloß das ist wie verhext, sie hat keine Augen für mich, sie sieht immer nur ihn ... - Ich bin jetzt fort!« – Und weg ist er.

»Die Queen«: »Geschmacksverirrung, oder was??«

Eine kleine Weile ertrage ich das noch, dann logge ich mich aus. Zum Glück hat mich keiner mehr angesprochen.

Und mir fallen immer mehr Schuppen von den Augen.

***

Am nächsten Morgen gehe ich wie immer in die Schule, natürlich wie gewöhnlich mit Nina zusammen. Doch glauben kann ich ihr nichts mehr.

Das ist wie in dem Märchen: ›Oh wie gut, dass niemand weiß, dass ich Rumpelstilzchen heiß!‹

Nicht schlecht eigentlich ...

Jedenfalls tappe ich nicht so ahnungslos in die Fallen, die sie sich für mich eventuell ausgedacht haben.

Aber wer ist »Superman«? Da habe ich offenbar die ganze Zeit jemand übersehen. Sollte ich etwa doch einen Freund haben und weiß gar nichts davon?? Es muss ja ein Junge aus meiner Klasse sein. Ich mustere sie nacheinander, als wir vor der Schule ankommen und zu unserer Truppe stoßen.

Und als wir so daher kommen, fällt mir ein Blick besonders auf: abwartend, vielleicht etwas bedauernd, Anteil nehmend. Wir bleiben mit den Augen aneinander hängen.

Ich gehe kurzerhand zu ihm hin und spreche ihn an: »Hallo, Superman!«

Nach kurzem Zögern kommt die Antwort:

»Hallo, WURM!«

Das kann doch nicht wahr sein!

Da nun alles klar ist, gehen wir zusammen zur Seite. Die dummen Blicke, die uns folgen, genieße ich. Noch mehr gefällt mir, dass er den Arm um mich legt.

Heute kann mir eigentlich nichts mehr passieren.

Ich habe nun einen richtigen Freund - hurra!

Über Vergangenheit und Gegenwart

Für immer verschwunden?
(Nachdenken über Tagebücher)

»Das Leben: ein Tagebuch, in das jeder eine Geschichte schreiben will, die dann doch ganz anders verläuft.«

(Sir James Matthew Barrie)

Was ist eigentlich der Sinn eines Tagebuches?

Fest steht: Der Schreiber möchte etwas mitteilen. Wem? In den meisten Fällen nur sich selbst, niemand anderem.

Das Niederschreiben von Ereignissen oder Beobachtungen dient dem Schreiber dazu, diese gedanklich festzuhalten, um sich später besser daran erinnern zu können und eventuell Klarheit über manches zu erlangen. Denn es werden dort Dinge niedergelegt, die man oft selbst noch nicht verarbeitet hat. Keine andere Person, die einem helfen könnte oder der man das erzählen würde.

Also greift man zu der Methode: »Liebes Tagebuch, das möchte ich dir sagen ...«

***

Aus welchem Anlass könnte das geschehen?

Da gibt es zunächst den regelmäßigen Tagebuchschreiber, der sich angewöhnt hat, jeden Tag etwas

zu notieren. Oft handelt es sich um ganz banale Dinge:
Etwa, wie das Wetter war oder was man unternahm - Geschehnisse, Beobachtungen und und und ...
Nimmt man diese Aufzeichnungen nach Jahren zur Hand, fällt einem oft Erstaunliches auf. Das liegt wohl daran, dass man im Laufe der Zeit seine Sichtweise geändert hat, und auch die gesamten Gegebenheiten haben sich verändert.

***

Oder es existieren Zeiten, in denen man sporadisch Tagebuch schreibt.
Das geschieht bei besonders schönen oder aber bei besonders schlimmen Ereignissen.
Angenommen, man erlebt eine besondere Liebe - und mag es die erste überhaupt sein.
Es könnte auch sein, dass jemand über seine erotischen Eroberungen Buch führt. - Vielleicht interessiert´s die Nachwelt??
Oder aber es ist die Liebe zu einem Lehrer in der Schulzeit. Dafür gibt es ja übrigens auch prominente Beispiele mit tragischem Ausgang.

***

In diesem Zusammenhang muss zugeben: Ich möchte das, was ich damals aufgeschrieben habe bezüglich irgendwelcher Liebesdinge, sogar heute noch nicht lesen. Denn im Hinterkopf kommt mir da immer der Gedanke: ›Was wäre denn, wenn das alles an meiner Stelle jemand sozusagen mitlesen würde?!‹ - Hilfe!!

Immer noch warte ich selbst auf den Moment, wo ich es lesen will.

Andererseits: Vernichten - nein, das möchte ich nicht tun. Aber es geht niemand anders etwas an, und darum würde ich es auch niemandem zu lesen geben.

Auch heute nach so vielen Jahren habe ich dazu keine andere Meinung.

***

Es muss übrigens nicht das Tagebuch im üblichen Sinne sein. Beispielsweise bei den Briefen, die während der damals anderthalbjährigen Armeezeit meines damaligen Freundes hin und her geschickt wurden, handelt es sich ebenfalls um eine Art von Tagebüchern. Wir schickten uns bestimmt jeden dritten Tag einen Brief von mindestens einer Seite. Mit zeitlichem Abstand gesehen, könnte man fast von Zeitdokumenten sprechen.

Und ich weiß es noch recht genau: Es war ein großer Stapel dieser Briefe geworden. Als ich mich von meinem Freund lange nach der Armeezeit getrennt hatte, beförderte mein Vater sie in den Kachelofen. Schließlich brauchte sie ja keiner mehr ...

Das geschah zwar nicht auf meinen ausdrücklichen Wunsch. Andererseits unternahm ich jedoch auch nichts dagegen.

Leider - sage ich heute. Ich trauere dabei in keiner Weise der Beziehung nach. Jedoch fände ich diesen Blick in diese vergangene Zeit äußerst interessant.

Aber nein - das ist für immer verschwunden ...

***

Welche Beispiele gibt es noch? Auch in Krisenzeiten hilft oft der Dialog mit einem Tagebuch.

Es war für mich eine Art Therapie, über die Geschichte meines Unfalles vor zehn Jahren und die Bewältigung dieser Krise ein Buch zu verfassen. Ursprünglich begonnen hatte alles mit Tagebuchaufzeichnungen: Zum einen, was mein Mann schrieb, und zum anderen, was mich bewegte. Mit der Veröffentlichung verfolgte ich das Ziel, anderen Menschen in ähnlicher Lage zu helfen.

***

Was möchte man überhaupt, was mit Tagebüchern geschieht, wenn man einmal nicht mehr ist?

Zum einen gibt es ja die Möglichkeit: Der Schreiber will, dass die Aufzeichnungen vernichtet werden. Weiß man das, sollte man diesen Wunsch unbedingt respektieren.

***

Oder aber solche Aufzeichnungen werden eben irgendwo zufällig gefunden.

Dazu ein Beispiel. Beim Aufräumen bei uns im Hause fiel mir ein Schuhkarton in die Hand, welcher mit Bleistift beschriebene Blätter im A5-Format enthielt.

Bei solchen Funden musste man immer überlegen: wegwerfen oder aussortieren?

Ich entschied mich für Letzteres - glücklicherweise, muss ich sagen.

Denn als ich die blassen Bleistiftaufzeichnungen mittels eines Bildbearbeitungsprogrammes lesbar machte, stellte sich heraus, dass sie aus dem Jahr 1945 stammten und die Geschichte enthielten, wie sich mein Vater am Ende des zweiten Weltkrieges nach dem Auflösen des Wehrmachtsbataillons nach Hause durchgeschlagen hatte - vom Harz bis ins Vogtland. - Diese Geschichte war etwas, was die Eltern mir nie erzählt hatten.

Ich denke, dass ich richtig gehandelt habe, weil ich glaube, dass es nicht im Sinne meiner Eltern gewesen wäre, diese Tagebücher der Vernichtung anheim fallen zu lassen.

Aber durch Zufall hätte das durchaus passieren können ...

In diesem Falle hieß es glücklicherweise nicht: für immer verschwunden.

***

Ein prominentes Beispiel der Tagebuchführung ist für mich die Variante von Christa Wolf mit dem Titel »Ein Tag im Jahr«. Die Schriftstellerin wählte immer den selben Tag eines Jahres (in diesem Fall den 27. September) an dem sie genau notierte, was geschah. Neben einer ganze Reihe Persönlichem entstand so ein Erinnerungsbild über viele Jahre. Der erste Band reichte von 1961 bis 2000; es gibt einen weiteren Band von 2001 bis 2010.

Ich betrachte so etwas als Anregung für eigene Aktivitäten ähnlicher Art, sich mit der eigenen Vergangenheit zu beschäftigen.

Westpakete

»Es ist das Vorrecht der Größe, mit geringen
Gaben hoch zu beglücken.«

(Friedrich Wilhelm Nietzsche)

Nahte die Weihnachtszeit und damit auch die Zeit, als sie ab und zu eintrafen: die Westpakete.

Selbstverständlich wurden sie von uns immer freudig erwartet.

Wie spielte sich so etwas ab?

An einem solchen Tag erhielten wir zunächst per Post die Nachricht, wir dürften ein Päckchen abholen. Also begab sich jemand auf die (mittlerweile als solche nicht mehr existierende) Post, um das begehrte Objekt in Empfang zu nehmen: Ein Pappkarton, der immer außen säuberlich umwickelt war mit einer Paketschnur, versehen mit unserer Adresse.

Ganz wichtig war die dick umrahmte Aufschrift »Geschenksendung - keine Handelsware«. Die Bedeutung dieser Information war mir damals als Kind überhaupt noch nicht klar - woher denn auch.

Von wem kamen sie? Da gab es nicht allzu viele Varianten: Eine Tante aus B., weitläufige Verwandte aus S. sowie einige ehemalige Klassenkameraden meines Vaters aus der Schule in W.

Die Zeremonie des Auspackens hatte gemeinsam zu geschehen. Nachmittags beförderten wir den Karton auf den Wohnzimmertisch, und außen herum saßen oder standen wir alle - mein Vater, meine Mutter, meine große Schwester - und ich. Zunächst wurde die Schnur abgeknotet - bereit für ein Päckchen, welches wir vielleicht irgendwann selbst verschicken wollten.

Karton öffnen! - Ahhh!

Den Inhalt schlichteten wir zunächst gemeinsam auf den Tisch.

Was kam dabei zum Vorschein? Jeder hatte hier seine eigenen Erwartungen.

Meine Mutter freute sich mehr über solche Dinge: eine Büchse Champignons oder eine Büchse Ananas für die Bowle zum Geburtstag oder ein Päckchen Kakao. Alles Dinge, die für jemanden, der nicht mit Westgeld auftrumpfen konnte, schwer oder gar nicht zu bekommen waren - erst später für viel Geld im Laden »delikat«.

Manchmal freute sich Mutter bekam über zwei oder drei Perlonstrumpfhosen.

Immer fanden sich auch irgendwo dazwischen Stückchen Seife, Nivea oder Lux oder ... Die wanderten dann zunächst vor dem Gebrauch als Duftobjekt oft in den Kleiderschrank.

Große Freude kam auf über ein oder zwei Pfund Bohnenkaffee. Unsere Alternative war beispielsweise »Mokkafix Gold«, 125 Gramm für 8,75 Mark (oder es gab dann noch diesen gar nicht leckeren Ersatzkaffee ...).

Das Bisherige interessierte mich weniger.

Es gefiel mir schon besser, wenn beispielsweise »Kaba - der Plantagentrank« auftauchte, ein Kakaopulver, mit dem man die Milch versüßen konnte. Ansonsten wäre nur denkbar gewesen, Kakaomilch zu kochen, denn Instantpulver gab es nicht. Später hatten wir wenigstens »Trinkfix« für 8 Mark aus dem Delikat-Laden.

Es tauchten dann Artikel auf, die mich schon eher begeisterten:

So schickte mir unsere (mir von Person her unbekannte) Tante aus B. eine Zwölferpackung Faserstifte, eine Rarität bei uns Ende der sechziger Jahre und insbesondere für mich als Schülerin der Unterstufe. Die zwölf Faserschreiber befanden sich in einer Metallschachtel, auf deren Deckel das Bild eines von Picasso gemalten Jungen zu sehen war. Ich hütete diese Stifte wie einen Schatz, benutzte sie selten, damit sie sich nicht so schnell aufbrauchten - allerdings mit der Folge, dass sie irgendwann eintrockneten, ohne dass ich sie genutzt hätte bis zuletzt.

Noch eine Attraktion für mich als Kind war der Kaugummi, mit dem man Blasen machen konnte. Und es gab dabei noch etwas Schönes: die Kaugummibilder mit verschiedenen Comicfiguren. Am schönsten fand ich die Minigeschichten von Fix und Foxi. Diese Kaugummibilder waren auch Tauschobjekte in der Schulpause. Allerdings waren sie zu tarnen, denn sie wurden weggenommen, wenn sie unter die Augen eines Aufsichtslehrers gerieten.

Weitere Tauschobjekte, auf die ich scharf war: Olympiabilder, welche sich in den »Sprengel«-Schokoladentafeln befanden.

Je nachdem, wie gerade der Umtauschkurs war, konnte ich für vier oder sechs solche Bilder eines der raren Mosaikhefte eintauschen, welches mir fehlte. Denn nebenbei bemerkt: Es gab keine Möglichkeit, dieses begehrte »Mosaik« zu abonnierten. Und wenn ich Pech hatte, bekam ich das aktuelle Heft an dem Erscheinungstag Tag nicht am Zeitungskiosk.

Ansonsten lauerte ich sowieso immer auf die circa zehn verschiedenen Schokoladentafeln von Sprengel - Alpia - Trumpf - oder wie sie eben hießen.

Nach der Wende, als die Westschokolade auch überall bei uns zu haben war, stellten wir fest, dass sich unser Geschmack sich verändert hatte. Man wird scheinbar verwöhnter, denn die damals so begehrten Marken schmeckten oft überhaupt nicht mehr. - Ist wohl auch besser so!

Einige »Bonbons« noch zum Schluss:

War das Weihnachtspäckchen voluminöser, konnte es sein, dass sich darin einige Anziehsachen befanden - bereits von unseren Bekannte getragene - etwa Pullover. Und trotzdem waren diese oft schöner als manches hier gekaufte Kleidungsstück.

Übrigens wurde ich oft neidisch auf meine Freundin aus der Nachbarschaft: Sie bekam von ihrer Tante aus F. beispielsweise das »Monopoly«-spiel geschickt - mit der Folge, dass ich oft zu ihr ging zum stundenlangen Monopoly-Spielen.

Oder in Pubertätszeiten: da bekam sie ein Päckchen mit wunderschönen Jeans!

Für mich als »Normale« war so etwas nur zu haben zum richtigen Termin und für teures Geld, für etwa 130 Mark , im »Jugendmode«-Geschäft.

Zu Zeiten des Studiums erhielt ich auch einmal einen Taschenrechner. Einer, der allerdings nur mit Stromkabel zu bedienen war. Wichtig war, dass er für mich im Physikpraktikum als sehr hilfreich erwies. Bei der sehr aufwendigen Fehlerrechnung wurde er uns richtiggehend empfohlen - zu kaufen für 630 DDR-Mark. Zum Vergleich: mein Westrechner hatte 22 D-Mark gekostet ...

An eine Kuriosität werde ich mich immer erinnern: Bei Klassenkameraden meines Vaters war in seltenen Fällen eine Schachtel Zigaretten dabei, »Peter Styvesant« oder so etwas.

Dazu ist noch zu bemerken: Meine Eltern waren immer konsequente Nichtraucher; also kam so etwas nur als Geschenk für jemand anders in Frage.

Oder ...?

Irgendwann in der Pubertät packte mich die Neugier, und ich rauchte ein oder zwei von diesen Westzigaretten (von einer Schachtel, die aus irgendeinem Grunde schon geöffnet worden war). Allerdings stank unsere Wohnung hinterher fürchterlich nach Parfüm, denn besonders clever war ich da nicht.

Und dann gab es später einen Tag - ich war inzwischen zwanzigjährige Studentin, meine Schwester war auch anwesend. Wir saßen gemeinsam mit unsere Mutter am Küchentisch. Plötzlich holte meine Mutter eine dieser Schachteln Westzigaretten und bot uns davon eine an. Wir rauchten alle drei gemeinsam jeder eine Zigarette. Weil diese Situation eine total ungewöhnliche war, werde ich mich eben ewig daran erinnern! - Zumal die einzige Raucherin in unserer Runde nämlich meine Schwester war!

Der Inhalt unseres Päckchens als Gegengeschenk war übrigens ein anderer: Wir glänzten mit Kultur. Zum Beispiel mit Schallplatten von »Eterna« zu 12,10 Mark mit Opernchören oder Ähnlichem, dazu ein schöner Bildband. Darüber freuten sich wiederum unsere Bekannten immer sehr.

Unsere erste Westreise

> »Es ist nicht unsere Aufgabe, die Zukunft
> vorauszusagen, sondern auf sie gut vorbereitet zu
> sein.«
>
> *(Perikles)*

Die Wende – die gängige Bezeichnung für die große gesellschaftliche Veränderung im Herbst 1989, welche eine Reihe von Ereignissen nach sich zog, mit denen keiner gerechnet hatte und die jeden auf die eine oder andere Weise sehr berührten. Wer ehrlich mit sich war, musste alles, was er bisher erfahren und kennen gelernt hatte - seine Ansichten, seine Ideale, sein ganzes Weltbild - auf den Prüfstand befördern und sich fragen, ob denn alles falsch war, was man bisher gemacht und gedacht hatte. Am besten hatte es wohl die Spezies »Wendehals«.

Aber wie erlebte man das?

Jeder anders - das ist sicher.

In dieser Zeit schalteten wir oft den Fernseher ein, um zu erfahren, was wieder geschehen war. Jeden Tag fiel Überraschendes und Erstaunliches vor.

Da gab es zum Beispiel am 9. November 1989 das berühmt gewordene Presseinterview. In einer Reihe saßen verschiedene Personen, die den anwesenden Journalisten auf aktuelle Dinge Rede und Antwort stehen sollten. Wer alles dabei war – ich weiß es nicht mehr. Nur einen Namen habe ich mir gemerkt und sicher nicht nur ich – Günter Schabowski.

Irgendwann während dieser Fragestunde gab es wieder Erkundigungen zur Reisefreiheit - wann denn DDR-Bürgern endlich Reisen in die BRD möglich sein könnten. - Und da bekam er von hinten plötzlich einen Zettel zugesteckt, schaute kurz darauf und sagte dann beiläufig: Ja, es würde stimmen, dass jeder DDR-Bürger ab jetzt die Möglichkeit hätte, mit Visum in den Westen zu reisen ...

Man nahm das Unglaubliche zur Kenntnis ... und brauchte zumindest ein paar Minuten, um diese Aussage zu schlucken. Schließlich ging es hier um etwas, was für den Normalbürger bis dahin unmöglich war – auf absehbare Zeit und eventuell auch auf Lebenszeit: eine Reise ins andere Deutschland.

Ich erinnerte mich in diesem Zusammenhang, dass ich die Frage, warum wir denn nicht überallhin verreisen dürften, einmal ganz naiv im Parteilehrjahr gestellt hatte.

Ja, das ginge nicht so einfach, so die Antwort. Die Leute besäßen doch keine Devisen. Also könne man doch jemanden nicht einfach als Bettler ins Ausland reisen lassen, oder wie?

»Und warum haben wir denn keine Devisen?«

Die Antwort fiel wortreicher und unverständlicher aus. Mir verging die Lust zu fragen. Also hatte der Gedankengang hier sein Ende.

Und vermutlich stand somit eine Tatsache fürs Leben fest.

Und das jetzt?? Wie war das einzuordnen??

Wir nahmen damals am 9. November 1989 gegen Abend, als wir da zu viert vor dem Fernseher saßen, ziemlich ungläubig diesen Fakt zur Kenntnis, ohne das so richtig zu verstehen.

Wohnte man nun in Berlin und vielleicht noch direkt an der Grenze, dann war die Reaktion normal: Nachschauen, ob das überhaupt stimmte, was sich wie ein Märchen anhörte.

Und das taten ja auch viele. Aber wir wohnten im fernen Vogtland, weit weg von Berlin. Und genauso weit weg waren wir damals von solchen Ideen.

In den Folgetagen machten sich viele mit ihrem Auto zur Westgrenze auf oder stiegen in den Zug gen Westen.

Wir nicht. Schon die Vorstellung, sich mit zwei kleinen Kindern in riesigen Menschenmassen zu bewegen, dämpfte unsere Neugier und Euphorie beträchtlich.

Also bedeutete das, einen günstigen Zeitpunkt abzuwarten. Wir wohnten in der Nähe des Reichenbacher Bahnhofes und konnten so die vollen Züge beobachten, die sich nun ständig in Richtung Plauen wälzten. So wollten wir das nicht! Es verging das folgende Wochenende.

Am Sonntag der folgenden Woche, dem 18. November, schauten wir wieder nach, wie voll die Züge denn nun wären.

Nein, das waren sie überhaupt nicht – nanu!

Also beschlossen wir, den nächsten Zug zu nutzen. Gesagt, getan.

Wenig später saßen wir mit unseren zwei Kindern von damals sechs und drei Jahren im spärlich besetzten Zug, der sich Richtung Hof bewegte.

Das erste Mal fuhren wir ab Plauen nicht in Richtung Oelsnitz. Sondern dieser Zug bog hinter Plauen rechts ab nach Gutenfürst und weiter zur Westgrenze.

Also in unbekanntes Gebiet.

Die Grenze? Wir entdeckten einen doppelten Drahtzaun, dazwischen einen Kiesstreifen von knapp zwei Metern. In diesem Streifen liefen Schäferhunde hin und her. Schon ziemlich bedrückend anzusehen.

›Aber gut, dass man es mal gesehen hatte‹, dachten wir.

Dann die Grenzanlagen, der Graben und so. Sie waren so ausgerichtet, dass man aus westlicher Richtung sehr wohl durchkommen würde, nur aus östlicher nicht. Das ergab schon einige Fragezeichen im Hinterkopf.

Der Zug passierte die Grenze und fuhr weiter gen Hof. Es handelte sich um eine Situation »wie im falschen Film«.

Dieser sollten in nächster Zeit weitere solche folgen.

Der Zug fuhr in den Hofer Bahnhof ein, und viele Leute stiegen hier aus. Und da war wieder so etwas, was uns sehr komisch anmutete: Links und rechts waren Tische aufgebaut, auf denen wir Plastbecher und Teller mit Essen entdeckten. Hilfsbereite Hofer Bürger, die die Reisenden aus Ostdeutschland erwartet hatten, traten heran und reichten den Angekommenen gewärmte Wiener und Plastbecher mit Tee. Verblüfft und mit einem Dankeschön nahmen wir es entgegen.

Die armen verhungerten Brüder und Schwestern empfangen – so sah das aus ...

War das das Bild, welches die Leute von uns hatten?? Kamen wir aus einem Entwicklungsland und hatten die ganze Zeit über hungern müssen?

Doch wohl nicht!

Nach diesem freundlichen, uns aber schon recht eigenartig erscheinenden Empfang strebten wir inmitten vieler anderer Menschen in Richtung Stadtzentrum. Immerhin dauerte das schon eine reichliche Viertelstunde.

Entlang aller Straßen standen Massen von abgeparkten Autos. Autos - Autos - Autos. Diese Massen!

Ein Bild, das wir auch bald haben würden, nur jetzt war das schon neu und ungewöhnlich.

Die Massen strömten in eine Richtung, und wir schwammen mit. Schließlich sammelte man sich in einer langen Schlange, an deren Anfang sich die Stadtverwaltung befand, vernahmen wir. Dort durfte jeder Besucher der Stadt Hof ein Begrüßungsgeld in Höhe von 40 DM Empfang nehmen. Wir reihten uns auch ein, nicht gerade mit Wohlgefühl, um das Almosen in Empfang zu nehmen. Doch sonst hätten wir ja gar nichts kaufen können, denn woher sonst Westgeld nehmen??

Anschließend pilgerten wir durch die Stadt und besichtigten die vielen leuchtenden bunten Schaufenster der Geschäfte.

Vom berühmten ersten Begrüßungsgeld kauften wir für 40 DM - nein! 39,95 DM - das Guinessbuch der Rekorde von 1989, vorn geziert von Steffi Graf und

Boris Becker. Verglich ich meine Erwartungen mit dem, was ich darin fand, so musste ich feststellen: Es stellte sich größtenteils als ziemlich interessant und informativ heraus. Das Schreierische und Sensationslüsterne, was ich ursprünglich vermutet hatte, kam erst später so richtig zur Geltung.

Klar, ein paar Süßigkeiten für Weihnachten erstanden wir auch - da war schon das Klischee der Westschokolade!

Und ein Imbiss musste noch vom Geld abfallen!

Mit diesen vielen neuen Eindrücken des Stadtrundganges begaben wir uns zurück zum Bahnhof und fuhren am späten Nachmittag wieder nach Hause. Leider war dieser Zug wesentlich voller als der bei der Herfahrt

***.

Später änderten sich übrigens die Meinungen von westdeutschen Brüdern und Schwestern, manchmal vielleicht sogar verständlich, wenn allwöchentlich die »Horden« bedürftiger Ossis in Hof einfielen.

Das führte zu solchen Auswüchsen wie zum Beispiel einem sehr aussagefähigen Flugblatt, welches uns Bekannte mitbrachten. Man hatte es ihnen im »Globus« in Weischlitz an die Scheibe des Autos geklemmt. - »Hallo Ossis!« ... (zu lesen auf der folgenden Seite ...)

Wer schrieb eigentlich diesen Mist?!?

Was hat man dort eigentlich über die so genannten »Ossis« gelernt??

Anscheinend entweder gar nichts oder sehr viel Unrichtiges ...
Wächst auf solche Weise das zusammen,
»was zusammen gehört«??

HALLO OSSIS!

Es ist an der Zeit Euch endlich einmal zu sagen, was die Wessis wirklich von Euch halten.

Wenn man Radio Thüringen hört, dann spielt in allen Nachrichten nur das Geld eine Rolle. Da heißt es immer nur wir *fordern* da einen Zuschuß, dort Fördergelder usw. Erstens habt ihr gar nichts zu fordern, sondern das Maul zu halten und darüber froh zu sein, daß man euch unterstützt. Besser wäre es, wenn ihr euch aus eigener Kraft aus eurem hinterlassenen Saustall herausarbeitet. Etwas mehr Bescheidenheit im Fordern täte Euch gut. Oder glaubt ihr der Wohlstand im Westen ist uns in den Schoß gefallen? Auch wir mußten dafür arbeiten. Auch das Argument ihr hättet 40 Jahre nichts gehabt stimmt nicht. Ihr hattet zu essen und seid auch nicht erfroren. Jeder hatte einen Arbeitsplatz, ob da auch etwas gearbeitet wurde, ist eine andere Frage. Wahrscheinlich ward ihr mehr mit der Bespitzelung anderer Leute beschäftigt als das ihr eure Häuser und Städte in Ordnung gehalten hättet. Es muß doch beschämend für euch sein, so einen Saustall hinterlassen zu haben. Kein Wunder, daß man darum eine Mauer hat ziehen müssen, um die Verkommenheit dahinter zu verbergen. Und wenn es euch nicht gepaßt hat, warum habt ihr dann nicht aber dagegen protestiert. Weil es einfach bequemer war, andere für sich denken zu lassen.

Jahrelang wurden die Leute Menschen ins Gefängnis gesteckt mit dem Ziel, daß der Westen diese Leute für viel Geld freikauft. Welch scheußliches Spiel mit Menschenleben. Jahrelang wurde euch Geld für die Instandhaltung der Straßen überwiesen. Aber die Transitstraßen ließ man verkommen. Ob Häuser, Kanalisation, Burgen, Straßen alles befindet sich in einem erbärmlichen Zustand. Jeder Ossi sollte sich dafür schämen.

Und als die Grenzen geöffnet wurde, sehr zu meinem Leidwesen, fielen die Ossis im Westen ein wie seinerzeit die Hunnen, ohne jedes Gefühl, rücksichtslos nur um 100 DM Begrüßungsgeld zu ergattern, Kleinstkinder, halbtote Großmütter wurden gen Westen gekarrt um DM 100 zu bekommen. Dann kamen die Ossis gen Westen um den Wessis die Arbeitsplätze wegzunehmen. Und das Deutschland nunmehr in einer Finanzkrise steckt, haben wir nur euch zu verdanken. Aber diese Suppe müßt ihr Gott sei Dank auch mit auslöffeln.

Es wäre auch endlich an der Zeit den autofahrenden Ossis klar zu machen, was Verkehrsschilder bedeuten. Oder habt ihr nur Analphabeten im Straßenverkehr? Mir ist schon klar, daß das nicht so einfach ist, denn jetzt haben die Ossis niemanden neben sich, der sagt was zu tun ist bei der Bedienung des Autos und Beachtung der Verkehrsschilder.

Außerdem sollten speziell die Thüringer und Sachsen endlich anfangen sich der Deutschen Sprache zu bemächtigen, denn dieses Kauderwelsche ist eine Beleidigung für jeden Deutschen. Es hat auch etwas Gutes, man braucht den Schmarrn den sie reden nicht zu verstehen.

Den Thüringern ist zu empfehlen den Kloß vorher aus dem Mund zu nehmen.

Nach der Wende und auch heute noch sind viele Wessis der Meinung die Mauer wieder hochzuziehen und noch 10 Meter darauf - es fänden sich viele Freiwillige - damit ihr arroganten Ossis unter euch bleibt. Hinter eurer Arroganz versteckt sich eure grenzenlose Dummheit.

Also ihr Ossis, ein bißchen mehr Bescheidenheit würde euch evtl. etwas sympathischer machen.

Und nicht fordern, sondern darum bitten.

Lebendige Geschichte

»Die Gefahr bei der Suche nach der Wahrheit
besteht darin, dass man sie manchmal findet.«

(Wilhelm Faulkner)

Alle vertelten sich in die Bankreihen, ich natürlich auch. Ich saß in der vierten Bank auf der Fensterreihe. Neben mir, wie immer in der Schule, Lucia. Wir waren neugierig auf das, was uns erwartete.

Durch die Tür betrat die Lehrerin das Klassenzimmer. Sie trug ein knallbuntes Dederonkleid, das bis über die Knie reichte. Nicht gerade der neueste Schrei. Außerdem tat es dem Auge weh, das Rot!

›So also sieht eine richtige Lehrerin aus‹, dachte ich. Nein, lieber nicht, danke!

Links von uns begann man aufzustehen, also wir auch. Der Schüler ganz vorn in der ersten Bank begab sich vor die vierzehnjährigen Kinder der Klasse, die sich inzwischen alle erhoben hatten und an ihren Plätzen standen. Es kehrte eine ungewohnte Ruhe ein, und alle blickten neugierig nach vorn. - Was ging dort jetzt ab?

Zunächst schaute er die Klasse kurz an, drehte sich dann um zur Lehrerin, hob die rechte gestreckte Hand mit abgespreiztem Daumen über den Kopf und meldete: »Frau Lehmann, die vierundzwanzig Schüler der Klasse 3a sind zum Unterricht bereit. Arbeitsmittel und Hausaufgaben sind alle vollständig!« Als er seine Meldung beendet hatte, schwieg er und drehte sich um zur Klasse.

Einen Moment herrschte absolute Ruhe.

»Wir singen nun zur Eröffnung den Pioniermarsch!«, forderte uns Frau Lehmann auf. Und sie begann: »Seid bereit, ihr Pioniere, lasst die jungen Herzen glühn ...«

Bei der zweiten Strophe sangen schon einige den Refrain, und bei der dritten erklang am Ende ein schöner Chor. Denn fast alle konnten mitsingen.

Als das Lied verklungen war, sagte Frau Lehmann zu uns: »Nun folgt der Pioniergruß: Ich sage zu euch: Und ihr antwortet im Chor: Immer bereit! Zu diesem Gruß heben wir alle wieder die gestreckte rechte Hand mit abgewinkeltem Daumen über den Kopf, wie ihr es vorhin schon bei der Meldung gesehen habt.

Also: Für Frieden und Sozialismus - seid bereit!«

Und der Chor antwortete: »Immer bereit!«

Frau Lehmann erklärte uns: »Es war damals vorgeschrieben, dass jede Stunde mit dem Pioniergruß eröffnet wurde. Und zu Beginn der ersten Stunde gab es immer eines dieser Pionierlieder.« Wir schauten uns gegenseitig an. Oh je!

Nun sagte sie zu uns: »Danke! Setzen!«

Das taten wir.

Sie schaute sich in der Klasse um. Ihr Blick blieb an einem Jungen mit einem weißen T-Shirt hängen.

»Andreas, steh doch mal auf!«

Der Angesprochene tat das, und alle warteten.

»Was hast du denn da für einen Pulli an mit dieser komischen Aufschrift: ›Mickimaus‹«, las sie vor. »Da sieht doch gleich jeder, dass das aus dem Westen ist. Seit wann machen wir hier Reklame für den Klassenfeind?!« Jetzt war ihre Stimme schärfer geworden. »So geht das nicht! Zieh das sofort aus!«

Der Schüler, der vorhin die Meldung gemacht hatte – übrigens ist das im wirklichen Leben unser Tobias – sprang auf, nahm Andreas am Arm und zog ihn hinaus auf den Gang. Kurz danach kamen die beiden wieder herein. Alle sahen, dass Andreas das T-Shirt auf die linke Seite gedreht hatte, damit der Schriftzug verschwunden war.

Frau Lehmann war nun zufrieden damit. Sie meinte nur noch zu Andreas: »Und zieh morgen etwas anderes an! Ich hole sonst deine Eltern her und erzähle ihnen, was ich heute feststellen musste!« Schweigend setzte sich Andreas an seinen Platz. In unserer wirklichen Klasse heißt er übrigens Lukas, nicht Andreas.

Nun konnte die angekündigte Heimatkundestunde beginnen. Bei uns hieß das entsprechende Fach jetzt Sachkunde, aber irgend so etwas Ähnliches schien es früher auch gewesen zu sein. Wir hörten Verschiedenes übers Roggengetreide, welches auf dem Feld der LPG (Landwirtschaftliche Produktionsgenossenschaft) wuchs. Und dass wir nächste Woche zu unserem

Wandertag dorthin gehen würden. An diesem Tag wäre auch Gelegenheit, die Soldaten der in der Nähe befindlichen Kaserne zu besuchen. Übrigens: Da dürften wir sogar einmal ein richtiges Maschinengewehr anfassen!

Schnell war diese Stunde vorbei, und neben uns standen die ersten auf.

»Ich muss unbedingt noch was sagen!«, ertönte es da plötzlich aus dem Hintergrund. Frau Lehmann hatte doch gar nicht dorthin gezeigt! Deswegen drehten sich alle erstaunt um.

Es war die Stimme von Herrn Werner gewesen, unserem Klassenleiter, mit dem wir hierher zur Exkursion »Schule in der DDR« gefahren waren. Er saß hinten in der letzten Bank, und ihn hatten wir inzwischen ganz vergessen.

Frau Lehmann wandte sich um: »Aber natürlich, bitte, kommen Sie ruhig vor!«

Wir setzten uns alle wieder hin und beobachteten, wie er langsam nach vorn ging. Er blieb vor ihr stehen und äußerte: »Sie gehen heute Nachmittag, wenn Sie dasselbe noch drei anderen Klassen erzählt haben, nach Hause und sind bestimmt ganz zufrieden mit sich!« Er lachte grimmig und fuhr fort:

»Und ich alter DDR-Scherge fahre mit meiner Klasse auch nach Hause und weiß, dass Sie meinen Schülern jetzt ins Hirn gepflanzt haben, dass ich wie alle meines Schlages eine total versaute und ideologisierte Kindheit und Jugend hatte. Man fragt sich anschließend, wie ich das alles ausgehalten habe damals und warum ich eigentlich selbst noch unterrichten darf nach dem Bild, was Sie vom DDR-Lehrer hier als das Normale entworfen haben!«

Es herrschte Schweigen. Man hätte in diesem Moment die sprichwörtliche Stecknadel hören können, wenn sie zu Boden fiel.

»Ich sage euch jedoch: ich hatte eine schöne Jugend. Wir haben zum Beispiel nicht jeden Morgen Pionierlieder gesungen, sondern höchstens im Musikunterricht, wo sie hingehörten!

Meinen Sie aber wirklich, so eine typische DDR-Stunde zu vermitteln? Ich habe eher den Eindruck, hier soll wieder einmal alles, was nach DDR riecht, schlecht gemacht werden, damit das Klischee wieder stimmt. - Solche Beispiele mag es schon gegeben haben, aber das können Sie nicht als das Typische darstellen! Das ist falsch!«

»Und noch etwas: Wenn ich so Unterricht machen würde, wie Sie das hier teilweise vorgaukeln und vor allem so schön einseitig, dann wäre ich schon lange kein Lehrer mehr! Diese Masche glaubte kein Schüler damals, genauso wenig wie heute hoffentlich. - So, und jetzt reicht´s! Wir gehen!«

Herr Werner wendete sich zur Tür, und wir alle erhoben uns automatisch und folgten unserem Klassenleiter. So empört wie heute hatte ich ihn selten gesehen.

Keiner sagte »Danke!« oder »Auf Wiedersehen!«

Aber man kann schon sagen, dass wir aus der Stunde etwas gelernt hatten. Sicher nicht das Beabsichtigte, aber dieser Schluss war schockierend und sehr interessant.

Bei der Heimfahrt merkten wir gar nicht, wie schnell die Zeit verging, denn nun erzählte Herr Werner aus seiner Schulzeit. Alle saßen gespannt in der Runde. So lernten wir ihn einmal ganz anders kennen als nur mit Formeln und Zahlen. Und die DDR war jetzt auch nicht mehr so abstrakt und weit weg. Ganz so schlecht und trist und öde schien es ja auch nicht gewesen zu sein.

Übrigens:

Ich gebe gern zu, mit dieser Geschichte übertrieben zu haben. Durch Übertreibungen jedoch werden bekanntlich die Dinge klarer.

Tatsache ist jedoch, dass an zeitgeschichtlichen Einrichtungen oft in zu einseitiger Art solche Stunden als »typisch für die DDR« demonstriert werden.

Wahr ist auch, dass ich auf einen Bericht von so einer Begebenheit meine Meinung auf der Leserseite der Presse schrieb (was ich sonst nie tue). Diese Meinung spiegelt sich in dieser Geschichte wider.

Beim Niederschreiben meiner Auffassung war ich (seit über fünfundzwanzig Jahren Lehrerin) ziemlich auf der Palme. Aber das ist eigentlich nicht möglich - weil es ja im Sozialismus keine Palmen gab!

Die Stunde hat nie so stattgefunden. Sie ist frei erfunden nach dem Motto:

Was wäre, wenn ...

... und zum Schluss: Nachdenkliches

Das Experiment

»Allgemein ist die Hast, weil jeder auf der
Flucht vor sich selber ist.«

(Friedrich Wilhelm Nietzsche)

Wie immer hockte sich Dieter an seinen Platz, der seit Wochen sein angestammter war: am Rande des großen Platzes und so, dass er alles im Blick hatte. Seine Mitstreiter, die ebenso ihre Stellen aufgesucht hatten, kannte er inzwischen schon recht gut. Das Wetter heute Vormittag war heiter; zum Glück zeigte sich nirgendwo eine Regenwolke. Von dieser Seite gesehen, würde es eine angenehme Zeit werden.

Wie immer eilten die Menschen vorbei, die meisten geschäftig, manche sogar gestresst. Einige schlenderten auch; das waren in der Regel ältere Leute. Stehen blieb niemand bei einem der herumsitzenden Bettler und wenn, war es die Ausnahme. Die Blicke der Menschen waren meist nach vorn gerichtet und interessieren sich nicht dafür, wer sich hier aufhielt. Streifte ein Augenpaar die Herumsitzenden, schien es oft zu sagen: »Du hast ja eigentlich überhaupt nichts hier zu suchen! Tu gefälligst etwas Nützliches. Guck mich an, ich hab nicht so viel Zeit wie du!«

Und seit immer mehr Flüchtlinge kamen, war das eigentlich noch schlimmer mit diesen Blicken. Mancher musste unschöne Äußerungen schlucken. Einige Leute wechselten beim Gehen die Richtung, um nicht hier vorbei zu müssen.

***

Und trotzdem war heute etwas anders. Den Mann mit der Violine, der sich eben seinen Platz suchte, hatte er hier noch nie gesehen. Klar - irgendwann verirrte sich auch ein Musiker hierher, aber meist war das der Russe mit seinem Akkordeon, der eine Stunde lang eine flotte Weise nach der anderen spielte und sich dann, wenn er fertig war, wieder entfernte, nachdem er seine Schachtel mit den wenigen Münzen, die dort gelandet waren, mitgenommen hatte.

***

Der Geiger mit seiner Allerweltskleidung positionierte sich sorgfältig. Sehr sorgfältig, fand Dieter. Er hatte den hier Anwesenden flüchtig zugenickt als Gruß.

Da - jetzt ließ er mit einer geübten Bewegung den Bogen über die Saiten gleiten.

Was da erklang, das war keine Allerweltsmusik, es war Klassik und in guter Qualität gespielt. Wenn Dieter auch nicht sagen konnte, was das genau für ein Stück war ... eins merkte er: Hier spielte ein Könner.

Als das Musikstück zu Ende war, senkte er das Instrument und schaute die vorbeieilenden Leute an. Kaum einer hatte einen Blick für ihn. Im allgemeinen Getriebe schien auch kein Platz für seine schöne Musik zu sein, stellte Dieter traurig fest.

Der Geiger lächelte leicht. Dann spielte er das nächste Stück, das genauso perfekt klang. Wieder Klassik, und irgendwo in der Erinnerung tauchte in Dieters Gehirn der Name »Bach« auf. Ja, das musste von

Bach sein! Irgend so etwas hatte er damals in der Schule gehört.

Beim nächsten Musikstück fing Dieter an zu träumen. Es war richtig schön zuzuhören. Doch anscheinend war er der einzige, dem das gefiel. Er nahm das Bild in sich auf: Da musizierte einer so perfekt, so kunstvoll, in sich gekehrt, und an ihm vorbei bewegte sich ein nicht aufhörender Strom von Menschen, die das nicht interessierte. Ganz selten klapperte eine Münze in den Hut des Musikers, der sich dann dankend verneigte. Und immer lächelte er, während er die Leute zu mustern schien.

Keiner blieb stehen. Ach doch - ein ungefähr dreijähriger Junge hörte lange zu und freute sich. Schließlich zerrte ihn seine Mutter weiter, denn sie schien keine Zeit mehr zu haben. Das Leben musste schließlich weitergehen!

Und noch jemand blieb stehen: zwei ältere Herren, die den Musiker fachmännisch musterten. Der eine wies immer wieder auf den Geiger und erklärte seinem Freund irgend etwas.

Nach einigen Minuten gingen die beiden weiter, ohne ein Geldstück in den Hut gegeben zu haben.

***

Ungefähr eine Dreiviertelstunde spielte der Geiger, und Dieter stellte immer wieder fest: Hier befand sich ein Profi, und ihm konnte man sehr gut zuhören. Das tat aber kaum jemand - leider.

Als er sein Geigenspiel beendet hatte, legte er sein Instrument sorgfältig auf einem mitgebrachten Tuch ab. Wieder fiel Dieter der heitere, fast amüsierte Gesichtsausdruck auf.

Es hielt ihn nicht mehr an seinem Platz; er musste hingehen zu dem Mann und ihn fragen: »Wer bist du denn? Ich hab dich noch nie hier gesehen. Ich muss gestehen: Was du da gespielt hast, das klang richtig gut!«

»Das freut mich«, antwortete sein Gegenüber. »Aber wie ich es erwartet habe: Die Leute haben keinen Sinn dafür.«

»Jaja, jeder hastet woanders hin. Man sieht es manchen Leuten förmlich an, dass sie keine Zeit haben.«

»Dann müssen wir sie eben lassen«, meinte der Geiger.

»Aber nun sag mir eines: was suchst du eigentlich hier?«, fragte Dieter. »Du gehörst doch gar nicht hierher.«

»Das stimmt schon: Ich war noch nie hier. Und morgen wirst du mich auch nicht mehr auf diesem Platz finden. Denn da bin ich inzwischen in London zu meinem nächsten Konzert.«

»Aha.« - Mehr brachte Dieter nicht heraus.

Sein Gesprächspartner spürte die Frage und antwortete: »Weißt du, fast dieselben Stücke habe ich gestern Abend gespielt in meinem Konzert in der Oper.« Mit dem Kopf wies er auf das Gebäude auf der anderen Seite des Platzes. »Jeder Besucher dieses Konzertes bezahlte 280 Euro für seine Karte. Und ich sage dir: Die Karten haben nicht gereicht! - Übrigens, die beiden Herren, die du vorhin ebenfalls beobachten konntest, habe ich gestern Abend auch in der zweiten Reihe unter den Zuhörern entdeckt.«

Er fuhr fort: »Warum ich hier bin, willst du sicher wissen. Ja, das ist so: Wir haben uns gestern Abend unterhalten, mein Freund und ich, und kamen auf die Überlegung, wie das wohl wäre, wenn ich meine Stücke heute hier spielen würde. Ob es etwa einen riesigen Auflauf gäbe. Und wir haben gewettet, ob das wohl so sein würde. - Nun bin ich enttäuscht, weil ich die Wette verloren habe. Keiner hat mich erkannt, und es gab kaum Zuhörer. So hat es mir mein Freund schon prophezeit - er hatte leider Recht.

Im Gegensatz zu gestern hätte ich mich auf den Kopf stellen können; das hätte gar niemand interessiert. - War das nicht ein interessantes Experiment?«

»Irgendwie trotzdem schade«, meinte Dieter. »Aber sag mir: Wer bist du denn eigentlich?«

»Fabian Goldstein«, kam die Antwort.

»Was denn: DER FABIAN GOLDSTEIN??!«-

Der Mann nickte und lachte.

»Du musst jedoch deswegen bitte nicht gleich im Boden versinken! Sieh mich um Gotteswillen als einen normalen Menschen an. - Und ich will dir noch sagen: Es war schön, dir begegnet zu sein, dir und deinen Fragen und deinem Staunen.«

»Dann ist ja diese Geige ziemlich wertvoll ...«

»Stimmt. Die hat 400.000 Euro gekostet, ein wirklich teures Stück. Das ist schon wahr.«

Fabian fing nun an, seine Sachen zusammen zu packen und schickte sich an zu gehen. »Ich muss jetzt weiter, denn in zwei Stunden geht mein Flieger. - Mach's gut und halt die Ohren steif! Ich danke dir!«

›Wofür eigentlich‹, dachte Dieter.

Von dem hier Vorgefallenen hatte kaum einer der Vorübereilenden etwas bemerkt.

DER REALE HINTERGRUND:

»Wort zum Tage« früh gegen 6 Uhr an einem Tag Ende November 2016.

Der Pfarrer beschreibt folgende Situation:

in New York City, mitten im Menschenbetrieb, stellt sich ein Geiger hin und spielt dieselben Stücke, die er am Abend vorher in einer teuren Veranstaltung mit viel Beifall spielte.

Alle eilen vorbei, nur ein kleiner Junge bleibt stehen.

Es handelte sich um das Experiment, welches eine New Yorker Zeitung durchführte, die das Verhalten der Leute in so einer Situation testen wollte.

Willkommen im Kreis der Bestseller?!

»Der Humor kann einem durch nichts so
schnell vergehen, wie durch die Frage,
wo man ihn gelassen habe.«

(Unbekannt)

Da liegt es nun, das eigene Buch. Endlich ist es fertig. Was geht einem in solcher Situation durch den Kopf?

Zum Beispiel: Was wollte ich denn eigentlich erreichen?

Am Anfang steht zweifellos immer eine bestimmte Absicht und damit verbunden oft ganz konkrete Vorstellungen:

Man möchte den Mitmenschen etwas mitteilen.

Man kennt Personen und weiß oder nimmt an, sie erwarten etwas von einem. Es handelt sich um einen bestimmten Menschenschlag mit entsprechenden Interessen, und diesen möchte man erreichen.

Man hat einen Nutzen im Blick, den man bringen will.

Es kommen Fragen folgender Art auf:

›Bist du überhaupt in der Lage, das so umzusetzen, wie du es dir gedacht hast?‹ Möglicherweise könnte ja über das Fertiggestellte ganz anders geurteilt werden, als ich mir das ursprünglich vorgestellt habe.

- Doch das weiß man immer erst hinterher.

***

Wie kommt der Mensch überhaupt dazu, ein Buch zu schreiben?

Es braucht ein Thema, und zwar ein ergiebiges. Und dann viel, viel Zeit und Muße, um diese Absicht zu realisieren. Nicht zu vergessen: einen inneren, vielleicht auch einen äußeren Antrieb. Und weiterhin braucht es Ideen, und nicht nur eine. Und Phantasie.

Umsetzung - Text fertig.

Das ist eine sehr unvollständige und sehr stark verkürzte Darstellung des zeitintensiven Vorganges im Zeitraffer. Der Schnelldurchgang eben.

Wieder kommen die Fragen:

Ist der Text tatsächlich fertig?? - Ist alles schlüssig? - Wie steht es um die Rechtschreibung? Nicht zu vergessen: die neue Rechtschreibung?? - Ist Spannung vorhanden oder wirkt alles eher langweilig?? - Habe ich Sinn und Zweck überhaupt erreicht? ...

Egal, jedenfalls ist das Buch fertig.

Man kann beginnen zu forschen, wen das Buch, was doch einige Mühe bereitet hat, nun eigentlich interessiert.

Wie heißt es sinngemäß bei Karl Marx (und da hat er wieder einmal recht): Der Prüfstein ist am Ende die Praxis.

***

Sieht man die vielen Bücher in den Buchhandlungen liegen, kommt einem schon der Gedanke: Ja - dort könnte meins eigentlich auch dabei sein?? Beziehungsweise: Wie kommt es denn eigentlich dorthin?

Wie würde es sich dann in dieser bunten, schier unendlichen Vielfalt ausnehmen?

Man könnte sich ja einmal erkundigen ... Der Mensch bekommt dann mit, dass eine der ersten Fragen lautet: Wie verkauft sich denn dieses Buch überhaupt??

No-Name in dieser unüberschaubaren Vielfalt ... Keine Chance ... Ein kleiner Kick aus der Realität ...

***

Doch nun ahne ich selbst erst einmal, was alles dazu gehört, bis so ein mehr oder minder dickes Buch zustande kommt. Ich kann selbst abschätzen, wie lange so etwas dauern könnte.

Am besten wäre es, einen Ghostwriter und einen Lektor und eine Lobby in der Hinterhand zu wissen ... Wenn das so wäre, könnte man wahrscheinlich endlich bei diesen viel gerühmten Bestsellern angelangt sein.

Frage auf den zweiten Blick: Ist das überhaupt erstrebenswert?

Beim Weg dorthin erkenne ich sowieso viele Fragezeichen, und dabei soll es auch bleiben.

Es sei denn, jemand betrachtet so etwas als erstrebenswertes Ziel.

Hört man beispielsweise von irgendwo her, dass Joan Rowling ihre Harry-Potter-Bücher angeblich damit begann, dass sie bei langen Zugfahrten ihre Texte auf Servietten schrieb ... Bis schließlich der große Durchbruch kam ... zur richtigen Zeit ... am richtigen Ort.

Oder Stephen King, von dem nahezu jedes Jahr ein dicker Gruselroman erscheint. Dabei soll dieser Schriftsteller selbst angeblich eher eine ängstliche Natur sein ... Oder Elisabeth George, oder Rosamunde Pilcher, oder ...

***

Ich bleibe besser realistisch und konkret:

Texte niedergeschrieben habe ich schon immer gern.

Allerdings fehlte mir ganz einfach die Zeit, um neben der Familie und dem Beruf auf dieser Strecke etwas zustande zu bringen.

Nach meinem Unfall im Jahr 2009 war die Situation auf einmal so: ich verfügte über mehr als genug Zeit, da mir die Ausübung meines Berufes nicht mehr möglich war. Ein Zeitproblem in dieser Hinsicht existierte nicht mehr - um eine gute Seite meines Unglücks zu nennen.

Anfangs hatte ich ganz einfach die Absicht, das, was geschehen war, schriftlich zu fixieren, begonnen mit dem Tagebuch meines Mannes aus dieser schweren Zeit. Auch das stimmt: Versäumt man es, in so einem Fall einiges aufzuschreiben, dann ist es unwiederbringlich weg, denn man vergisst vieles mit der Zeit.

Dass der Mensch schlimme Dinge verdrängt, ist Tatsache und hat zweifellos auch sein Gutes.

Nebenbei: Ich stellte andererseits fest, dass das Abtippen des Tagebuches sogar eine Art Therapie darstellte.

Später kam noch die Erwägung hinzu: Bin ich in der Lage, anderen zu helfen in ähnlicher Situation?

Insofern fand ich schon die Frage interessant: Wie wird mein Buch ankommen, indem ich den Unfallhergang und das Danach nicht nur aus meiner Sicht schilderte und wie wir damit fertig wurden?

Mit dem Buchtitel »Plötzlich ist alles anders« ist bereits viel gesagt.

Die Antwort auf die Bestseller-Frage ist so in weite Ferne gerückt. Erwartungsgemäß ist einzuschätzen: Ein Bestseller war das ganz sicher nicht. Sollte und konnte es ja auch nicht sein, und das aus verschiedenen Gründen.

Ich meine allerdings, dass Angehörige und Betroffene schon Fragen und Probleme haben und sich über mögliche Antworten oder Tipps freuen.

Erreichen konnte ich eine Reihe Leute, erfreulicherweise daran zu merken, dass mir das Echo in Form eines Anrufes oder einer Mail bestätigte, dass ich jemandem Mut und Zuversicht vermittelt hatte.

***

Und doch sind verschiedene Reaktionen interessant zu nennen, wie konkret mit diesem Thema umgegangen wird. Ignoranz und Vereinnahmung (in diesem Falle: der Versuch, ein von mir geschriebenes Buch zu vereinnahmen) sind dabei leider inklusive - musste ich erkennen. - Das kam sehr überraschend, denn an dieser Stelle rechnete ich mit so etwas nicht.

Als ein Beispiel sei auch ein Arzt genannt, dem ich dieses Buch zur Begutachtung überließ. Er konstatierte, darin keinerlei therapeutische Ansätze gefunden zu haben. Meine Feststellung dazu: Ich bin eine Patientin mit meiner eigenen Sicht und weder Arzt noch Therapeut. Als solche kann ich nur darstellen, mit welchen Maßnahmen ich dazu kam, mir mein Leben wieder neu einzurichten. Ich werde mir niemals ein ärztliches Urteil anmaßen.

Ich ließ mir mein Buch wiedergeben und konnte mir die Frage nicht verkneifen, ob er sich denn beim Lesen nicht etwa gelangweilt habe ...

Nein, das hatte man nicht ... Gut ...

An solchen Stellen kommt er wieder daher, mein schwarzer Humor, der mir beispielsweise auch solche Gedankengänge eingibt:

›Unter Umständen mag es da Leute geben, die denken: Nun ist sie schon krank, und selbst daraus schlägt sie noch Geld!‹ - Also wirklich ...

Wer ernsthaft annimmt, dass dem so ist, den werde ich auch garantiert nicht in die Villa einladen, die ich mir vom großen Geld bauen werde. Von außen besichtigen - ja, gerne!

Ich winke ihnen dann gern von oben her zu.

Das ist allerdings sehr negativ neben genügend positiven Gegenbeispielen.

Fakt ist: Das Schreiben und die Umstände des Drumherum haben mir, die ich mich in jedem Falle als Hobbyschreiberin sehe, viele wertvolle neue und mitunter erstaunliche Erkenntnisse vermittelt.

Die Beschäftigung mit der Problematik »Bestseller« hat mich insofern nicht ganz zufällig von diesem Thema, welches begründetermaßen für mich gar keines darstellt, weg in eine recht konkrete Richtung geführt, und das ist gut so.

Weniger ist mehr
oder:
Die Kunst der Pause

»In einer irrsinnigen Welt vernünftig sein zu wollen,
ist schon wieder ein Irrsinn für sich. «

(Voltaire)

»Ich muss jetzt mal schnell zum Bäcker gehen.« - »Das müssen wir jetzt sofort wegräumen!«

Denkt man sich in diese Alltagssätze hinein, erkennt man: Das Wort »müssen« fungiert als moralischer Antreiber und stellt oft zusätzlich einen Antreiber nicht nur für die Person selbst dar. Sondern mit dem Wort »wir« wird es automatisch auf andere ausgedehnt.

Selbstverständlich soll mit solchen Worten eine gewisse Eile ausgedrückt werden. Wahr ist auch, dass der Mensch im gewöhnlichen Gespräch nicht über die Feinheit jeder Formulierung nachdenken kann.

Gut und schön. Doch wenn man diese Eile auf sein ganzes Leben überträgt ...

***

Im Folgenden ein eigenes Beispiel aus der Rubrik »Antreiber«. Das Wort »muss« kommt hier nicht vor, doch ein ähnlicher Druck wird auch vermittelt. Es ist im Übrigen etwas, bei dem wir immer wieder feststellen, dass so das Hetzen von einem zum anderen sehr gefördert wird:

An jedem Morgen in der Arbeitswoche spielt es sich ähnlich ab: Der Radiowecker tut das, was er soll, nämlich »wecken«. In den folgenden fünf Minuten folgt das »Ausduseln«. Wir lauschen häufig dem Wort zum Tage, welches eingerahmt wird von zwei Musiktiteln. Auch für einen Nichtchristen enthält es in den meisten Fällen genügend Stoff zum Nachdenken.

Um das Gehörte zu verdauen, bräuchte man ein paar Sekunden Ruhe.

Aber nein. Die gibt es nicht.

Es ertönt, oft noch in die letzten Worte hinein, die Werbeformel: »Bei uns hören Sie die beste Musik an diesem Ort und zu dieser Zeit! ...«

Und schon erklingt sie, diese schönste Musik.

Das Nachdenken über das vorher Gesagte ist schlagartig zu Ende, die Gedanken weg.

Ich halte dort zwei Sekunden Ruhe, die an solchen Stellen viel länger erscheinen, für sehr geeignet. Darin steckt mehr als in einem endlosen Wortschwall, der irgendwann sowieso ignoriert wird.

Auch Immer wieder auffällig: Vorm Ende eines Musiktitels beginnt schon der nächste. Man wartet leider förmlich darauf, denn es ist oft so. Oder in die letzten Takte hinein wird gesprochen, und dabei handelt es sich in der Regel nicht um sonstwas Wichtiges.

Unsere Reaktion? Alltägliches Schimpfen über solche Dinge: »Das war ja klar, dass sie da schon wieder hinein plärrt!« oder so. Und schließlich:

Brutal ausschalten! - Durchatmen.

***

Eine weitere Überlegung:

In unserer heutigen Gesellschaft werden wir bombardiert mit den verschiedensten Informationen, bei denen man sich oft fragen muss: Stimmen sie überhaupt?

Man fühlt sich versucht, etwas aufzuheben, abzuspeichern, abzulegen ... Das geht immer und ist meist ganz einfach.

Man kann zu einem Thema wer-weiß-wie-viel Artikel aus dem Internet abspeichern. Liest man die überhaupt, oder holt man sie sich einfach auf den Computer, damit man sie besitzt?

Oder man schneidet aus den verschiedensten Zeitungen etwas zum Thema aus. Das ergibt wunderbar unregelmäßige Zeitungsstapel, die mit der Zeit stören und in die - wollen wir wetten? - kaum wieder einer hineinschaut.

Zum Beispiel lassen auch sich digital jede Menge Urlaubsfotos produzieren.

Und da geht doch noch was ...

Logische Folge: Es entsteht eine Menge Müll, richtiger oder Datenmüll, der allmählich nur mühsam oder überhaupt nicht mehr zu bewältigen ist.

Der Messie ist nicht mehr weit entfernt.

Egal, ob es die normale äußere Ordnung betrifft oder die Ordnung elektronischer Daten:

Oft erscheint eine Lücke bzw. die sprichwörtliche Pause einfach nur günstig.

***

Es besteht selbstverständlich immer die Gefahr, dass man über den vielen Möglichkeiten, die existieren, etwas verpasst. Wenn man dieses Gefühl bei sich eingepflanzt hat, dann ist das ein wunderbarer Stressmacher. - Und ein vollkommen überflüssiger obendrein.

Die Folge: Man hetzt von Möglichkeit zu Möglichkeit, ohne jemals zufrieden sein zu können.

Das schwierige Zauberwort heißt: »auswählen«.

Und so kann es eben kommen, dass der Stress, der völlig unnötige, im Leben vorprogrammiert wird.

Es geht von einem zum anderen, pausenlos und immer ruheloser.

Kommt es einem deswegen so vor, als würde die Zeit immer schneller vergehen? Das scheint weniger mit dem Alter zu tun zu haben.

Auch zum Nachdenken: Die fernöstlichen Menschen leben wesentlich ruhiger und werden öfter über einhundert Jahre alt als anderswo.

***

Fazit: Vieles wäre leichter und entspannter, gäbe es eine richtig platzierte Pause.

Das ist leider mittlerweile eine Kunst.

Und schließlich eine nicht unwesentliche Tatsache:

Man lebt nur einmal ...

ZUM SCHLUSS:

Woher kommen die Ideen für die Kurzgeschichten? Anregung bieten häufig allzu menschliche Züge, die im Alltag zu beobachten sind.

Ansonsten gilt für alle diese Geschichten:

»frei erfunden«!

Ähnlichkeiten sind rein zufällig und absolut nicht beabsichtigt.

Ausgangspunkt der Geschichten sind oft Stichwörter. Wir vereinbaren in unserer Schreibrunde ein solches mit dem Ziel, nach rund vier Wochen beim nächsten Treffen mit einer Kurzgeschichte zum vereinbarten Thema aufzuwarten. Und siehe an: Jeder hat etwas anderes, oft Originelles gefunden.

Konkret kann ich konstatieren:

»Das Problem mit dem Vornamen« entstand aus der »Qual der Wahl«, die »Mutprobe« aus dem Thema »Helden« und »Es könnte alles so schön sein« natürlich aus dem lieben »Geld«.

Es gab auch Beispiele, bei denen wir rundum beliebige Wörter auf einen Zettel schrieben. Die Vereinbarung lautete, dass von zehn vorhandenen Wörtern mindestens acht in der Geschichte auftauchen sollten.

Beispiel: »Das alternative Fernsehprogramm«

Es kann gern nach diesen Worten in dieser Geschichte gesucht werden: »grün« - »Piep« - »Schiebedach« - »Courage« - »Ball« - »Taschenlampe« - »Salat« -

»Reißverschluss«. (Die beiden nicht verwendeten Wörter weiß ich leider nicht mehr ...)

Kurzgeschichten können ihren Ursprung auch in Zeitungsmeldungen haben. »Frauentausch« ist so eine, und der »Lebendigen Geschichte« liegt ein Bericht von einer ganzen Zeitungsseite zugrunde.

Grund für den Geschichtentitel »Ausnahmen bestätigen die Regel« ist, dass eine solche Erfahrung mit Versandhäusern nach meinem Dafürhalten tatsächlich eine Ausnahme darstellt.

Und ohne Ideen geht gar nichts - das steht fest.

Auf alle Fälle sage ich meiner Umwelt Dank für viele (oft ungewollte) schöne Anregungen.

Zumal ich angeregt werde, meine Umwelt genauer zu beobachten ...